제주 비바리

제주 비바리

김병심 소설집

작
가
의

말

나에게는 글을 쓰게 만든 섬이 있었다.

차례

제주 비바리

11

시절 인연

69

푸른 새벽을 지나온 햇살

89

식게

123

유령이 되어 떠도는 시간

155

근친주의

187

제주 비바리

제주 비바리

제주체는 늘 자신 속에 있는 무언가가 궁금했다. 자신을 살게 하는 그것의 실체에 대해 말이다. 자신을 살게 하는 힘이 무엇인지 찾기 위해 고독해지는 것, 그것을 얼마나 두려워하고 피하면서 살아왔을까. 그래서 타인의 눈에 맞춰진 삶을 쫓느라 바쁘고 괴로웠다. 아무것도 없는 공허만 남았다. 결코 자신에게 이롭지 않은 바쁜 허덕임. 제주체는 멈춰서 자신을 돌아봤다.

전화벨이 울렸지만, 받지 않았다. 대부분 문자로 이어지지 않는 전화였다. 크게 중요한 것이 없다는 뜻이었다. 6개월쯤 전화와 만남을 기피하니 놀랍게도 시간이 많아졌다. 도대체 그녀는 누구의 삶을 살고 있었단 말인가. 굵거나 일이 줄지도 않았다. 오히려 반대였다.

제주체의 이야기를 하자면 제주섬의 생활로 거슬러 올라 가야겠다. 그녀가 태어난 검은질의 이야기부터 시작해야 한다. 할 수만 있다면 그녀의 근원부터 거슬러 올라갈 수 있다면 좋겠다. 그녀는 하느님도 아니고 세상을 살다 떠난 죽은 자도 아니다. 그러므로 그녀의 삶을 단정 짓기도 어렵다. 하지만 지금까지의 삶을 되돌아볼 필요가 있었다. 멈춤, 지금까지 살아온 삶을 멈추고 뒤를 돌아보았다. 그래야 다시 앞으로 걸어갈 수 있을 것 같았다. 남들의 이야기를 하는 것이 아니다. 자신의 이야기가 절실했다. 그 이야기 이상으로 중요한 것은 없다. 지금처럼 그녀 자신이 사라진 상태로는 더 이상 버틸 힘이 없었다.

하나의 인생을 사는 하나의 몸은 반복해서 살 수 없다. 특별하고 소중한, 유일한 목숨인데도 타인의 요구와 부탁 속에서 낭비하고 말았다. 자신이 어떤 존재인지도 모르고, 어떻게 살아야 할지도 모른 채 그저 살아지니 살고 있다는 식으로 허비하고 있었다. 그녀가 자신을 하찮게 만들었는데 누구에게 귀하고 소중하게 여겨달라고 소리칠 수 있단 말인가. 충분히

경이롭고 축복받을 만한 인생이었다. 그녀가 그걸 더 이상 미루지 않는다면 말이다. 더 이상 지체할 수 없어서 자신의 근원을 생각하며 거슬러 올라가기로 했다.

제주체는 자연 그대로를 받아 안고 살았다. 섬에서 얻을 수 있는 것은 자연과 자연에 순응하는 섬사람들뿐이었다. 문명의 혜택을 받기보다 자연의 혜택을 받은 원초적 본능에 가까운 환경이었다. 그러니 강하게 움켜잡고 무리에 복종하는 삶에 지배받았다. 그것만이 섬에서 살아남는 방식이었으므로.

자신의 피 속에서 끓고 있는 자유로운 영혼의 의지는 용납되지 않았다. 협력과 순응은 자유로움을 위험한 이단으로 여겼다. 똑같은 심연과 똑같은 사고를 갖도록 조성되었다. 섬은 물로 가둬졌고 대륙으로 도망칠 수 없기에 가능한 권력자들의 장치였다. 섬은 곧 감옥이 되었고 병원이 되었다. 섬사람들은 그녀처럼 멈춰서 자신이 누구인지 묻고 생각하지 않으면 돌처럼 굳어지고 말았다. 섬에선 사람이나 토양이 모두 굳어버렸다. 돌이 되지 않고 물과 바람이 되도록 자신에게서 깨어나야 하는데 그런 시도를 하지 못했다. 그래서 그런 시도자들은 배척되고 철저히 비난받았다. 섬 안에 가두어 돌을 던졌다. 그러한 지난날의 삶들로 점철되었는지도 모른 채 살아왔다는 생각에 미치자, 제주체는 제주섬을 떠나기로 결심했다. 자유로운 영혼을 더 이상 가두고 사는 것은 자신의 삶을 사랑하는 것이 아니라고 생각했다. 자신의 근원을 생각하며 나름의 목표를 향해 나갔다. 자신을 책임질 수 있는 사람은 오직 자기 자신뿐이다. 제주체는 그래서 키다리 아저씨를 만나기로 결심했다. 섬과 돌에서 깨어나게 해줄 키다리 아저씨는 그리 멀리 있지 않았다. 자신이 먼저 전화를 하면 될 일이었다. 그렇게 해서 그녀는 오랜 침묵을 깨고 먼저 편지를 썼다. 안부 편지였지만 이것은 놀라운 시작에 불과했다. 이제, 그녀는 더 이상 제주섬에 갇힌 타인들의 껍데기가 아니다.

*

"서?"

바람은 태양 아래서도 한쪽 방향으로 쏠렸다. 비탈진 경사를 닮은 나무 모양들이 산 하나와 바다를 두고 사선으로 깎였다. 폭풍이 잦은 섬이라 목소리가 오히려 굵고 우렁찼다. 자신의 귓구멍이 좁아진 것도 모른 채 상대방을 향해 크게 외치는 할머니는 안끄레의 늙은 해녀였다.

"무슨 일이세요?"

바끄레에 얹혀사는 제주체는 빼꼼하니 문을 열어보았다. 문틀에 모래가 수북한 것을 보니 간밤에 바람이 얼마나 문을 두드리고 갔는지 짐작할 수 있었다.

"보말죽 한 사발 허여보라."

늙은 해녀는 커다란 우동그릇에 퍼리롱한 죽을 가득 담고 왔다. 아침 일찍 갯바위에 붙은 보말고둥을 잡고 오셨는지 몸에서 아직 바다의 해초 냄새가 났다. 새벽잠이 없는 건지 아니면 일을 하지 않으면 안 되는 병에 걸렸는지 모를 할머니였다.

제주체는 소띠에 불이 많은 사주였다. 셋째 딸로 태어났다. 정확히는 넷째 딸이지만 돼지띠인 쌍둥이 언니 중 한 명이 죽어서 셋째 딸이 되었다. 쌍둥이를 같이 눕힌 아기 구덕이 뒤집혔는데 지금의 둘째 언니만 살아남은 것이었다. 제주체 뒤로 토끼띠인 남동생이 태어났지만 동생이 태어날 때까지 그녀는 구박덩이였다. 아버지는 첫째 부인에게서 첫아들을 낳고, 또다시 아들을 낳고 돌아왔다. 후처인 어머니는 딸 넷을 데리고 살았다. 아버지는 어머니랑 살면서 아들은 전처에게만 주었으니 제주체는 화살받이가 되었다. 그러면서도 어머니는 아들을 포기하지 않았다. 제주체를 구덕에 넣어 짊어진 어머니는 절이며 신당을 기웃거렸다. 그리고 나서 남동생을 낳았다. 제주체는 길트기를 잘 했지만 어머니는 계속 그녀를 미워했다. 미워하는 것도 습관이 들면 계속 미워지는 것인지, 제주체가 아무리 잘해 보려 해도 어머니 눈에는 아버지에 대한 증오까지 겹쳐져 제주체를 쥐 잡듯 했다. 그러면 제주체는 남동생을 때렸다.

제주체는 집을 겉돌기 시작했다. 그래서 다른 집들을 기웃거리며 동냥을 했다. 자신을 피신시켜준 것은 언제나 심방 할머니들과 해녀 할머니들이었다. 그래서인지 마을을 떠나 도시에 있는 여고에 합격을 하고도 친척집이 아닌 할머니들이 사는 집에 세를 들어 자취를 하는 게 편했다. 이렇게 바끄레에 살면서 안끄레의 할머니와 허물없이 보말죽을 먹고 마당에 널어둔 콥데사니 마늘을 거둬주기도 하면서 말이다.

*

제주체의 유년 이야기를 좀 더 하자면 무리 속에서 떨어져 있는 자신의 모습에 관한 것이다. 무리와 성실하게 생활하는 자신과 떨어져서 혼자 독립하려는 게으른 자신이 항상 존재했다. 두 개를 동시에 갖고 있는 그녀의 성격은 한곳에 오래

붙박이로 있지 못하게 했다. 무리와 있으면서도 독립된 공간과 생각이 필요했다. 두 세계가 섞여 그녀를 이루는 요소가 되었다.

　한 세계는 밝음으로써 그녀를 드러내며 그녀의 에너지를 발산시킬 수 있는 무대를 필요로 했다. 호응하는 사람들이 있어야 하고 조직을 이루고 금전적 흐름이 원활한 시장 같은 세계였다. 굶주림과 궁핍은 제주체를 불안하게 했다. 반면, 다른 한 세계는 어두운 밤처럼 내면의 깊은 생각을 고요히 이끌어내는 교회와 절의 파문 같은 것이었다. 바위와 나무에 신령이 깃든 영험한 영지를 즐겨 찾기도 했지만 골방에서 혼자 지내는 것도 선호했다. 차가운 마룻바닥에 뜨거운 몸을 대고 정제된 한곳을 응시할 때 정결한 자신을 찾을 수 있었다. 마치 보이지 않는 세계를 들여다보려는 듯 아무것도 하지 않고 죽은 듯 지냈다. 그래서 골방처럼 작고 서늘한 자투리 공간을 찾아다녔다. 쓸모없는 공간이라 남들이 지나치는 공간. 그곳에 음악과 책만 있어도 며칠 동안 지낼 수 있었다. 두 세계가 확보되었을 때, 비로소 그녀는 안정감 있게 삶의 저울 위로 올라가려 했다. 평균율을 위해 지나치거나 모자란 것들을 버리고 모으려 했다. 몸과 영혼은 그러한 것들과 연계하여 분주했고 감정 기복과도 관계를 맺었다. 자신을 유지하고 잃지 않으려면 두 세계가 반드시 그녀에게 있어야 했다.

제주체가 자란 마을에서 두 세계는 어렵지 않게 만날 수 있었다. 밝음의 세계인 마을회관과 교회는 노래 경연대회와 성탄절 행사로 마을 사람들에게 무대를 만들어주었다. 무대를 비추는 환한 조명과 반짝이는 무대 의상 그리고 어린 소녀들도 화장을 할 수 있는 기회를 주었다. 전자제품들과 종이상자들이 경품으로 진열되어 무대 앞을 장식했고 과자들과 아이스크림이 풍선과 함께 무대와 천막들의 테두리를 빛나게 했다. 유명 가수가 온다는 풍문이 돌았던 것도 무대를 향한 설렘이 낳은 것이었다. 점차 석가탄신일에도 사람들은 절에 가서 연등을 밝혔고 공짜 비빔밥을 먹기 위해 줄을 서기도 했다. 심방들이 마을에서 주관하는 입춘굿이나 영등제의 때에도 사람들은 너나없이 모여들어 국수를 먹고 막걸리를 마시며 함께 어깨춤을 추었다. 종교를 떠나서 사람들은 축제를 즐겼다. 많지 않은 사람들이 모여 사는 마을에서는 모든 종교가 평화롭게 축제를 즐길 수 있었다.

고요한 세계는 집 안에서 비롯되었다. 골방에 놓인 쌀 항아리 사이에 드러누워 곡식의 냄새를 맡거나 말려둔 옥수수 냄새와 메주 냄새 따위로부터 묵상이 시작되기도 했다. 그 사이를 지나가는 뱀을 부귀의 상징으로 믿고 기도를 올리는 것과 그것들의 집을 지어준 부모의 신앙으로부터 엄숙함과 경건함이 시작되었다. 귀신과 도깨비 이야기, 신화와 전설에 등장하는 무시무시한 신들의 이야기들도 어둡고 정제된 공간에서 상상의 나래를 펼치게 했다. 심방과 스님 그리고 성직자는 종교만 달랐을 뿐 비슷한 영험과 신비를 지녔다. 아이들이 그들을 두려워하면서도 그들의 신성한 근처를 맴돌던 이유는 신비한 이야기들 때문이었다. 그들이 말해주는 이야기들은 날개가 달렸고 불을 뿜어냈다. 자유롭게 하늘과 우주를 날아다니는 그들의 이야기에 매료될 수밖에 없었다. 골방에 누워 영험한 그들이 들려준 이야기에 상상력을 덧씌우며 보내는 시간들은 다른 세계를 만들어주었다. 당에 가서 빌었더니 피부병이 나았다는 이야기, 신병이 들어 굿을 했다는 여자들의 이야기도 마법처럼 다가왔다. 두 세계는 이야기가 넘치고 꼬리가 길었다. 제주체가 골방에 누워 꼬리를 물고 있으면 하늘을 날고 우주를 날아다닐 수 있었다.

제주체가 다니던 학교에서 사투리를 쓰지 말라는 교육을 받기 시작했다. 제주섬이 관광의 섬으로 특화되려면 사투리와 초가집을 없애야 했다. 길가의 포장마차를 철거하고 거지를 쫓아냈다. 마을의 외딴집에 살던 미친년과 아이들을 잘 물던 여자 물폐기가 사라졌다. 정신병원에서 잡아갔다는 소문이 돌았지만 아이들은 오히려 신이 났다. 두려움의 대상이 사라졌으니 알동네를 마음껏 다닐 수 있었다. 그녀들의 집은 알동네의 초입에 있었기에 자전거 페달을 힘껏 밟고 달려야만 했다. 눈을 질끈 감고 뛸 때도 있었다.

학교에서는 표준어만 쓰도록 강요했다. 그래서인지 아이들은 집으로 돌아오면 할머니와 어머니의 사투리를 교정하느라 진땀을 흘렸고 사투리를 들을 때마다 인상을 찌뿌렸다. 새마을 운동으로 포장도로가 생기고 수로 정비로 길가의 수로에서 빨래를 하던 아이들이 사라졌다. 길가에서 빨래를 하는 것을 단속하고 집집마다 수도가 생겼으나 어머니들은 물이 터진 큰물과 붕이못으로 빨래를 들고 갔다. 아이들의 목욕도 한겨울이 아니면 용천수의 여탕과 남탕에서 해야 했다. 검은질의 어머니들은 무섭고 독했다. 마을회관에서 아무리 스피커로 단속을 해도, 어머니들은 자신들의 고집대로 고팡을 지켰다. 목소리가 큰 사람이 언제나 이겼기 때문에 마을의 어머니들의 목소리는 폭풍이 치는 날의 천둥소리를 닮아갔다.

"방 청소영, 빨래 개는 거영, 신발 정리허는 거영 잊어불지 말앙 허라, 간세허민 상진이 누이신디 잡아가랜 허켜."

어머니는 미친년을 무서워하는 제주체에게 집안일을 시켰

다. 상진이 누이라는 미친년은 이름도 없이 그녀를 괴롭혔다. 친구들과 바다에 가서 보말을 잡으며 놀아야 하는데 어머니는 결코 게으른 딸을 용납하지 않았다. 마을의 다른 어머니들도 마찬가지였다. 아들들은 놀든지 말든지, 공부를 하든지 말든지 신경을 안 쓰면서 딸들만 볶아댔다. 제주섬은 여자들의 노동력을 환대했고, 여자들의 노동력으로 버티는 섬이었다. 그러니 어릴 때부터 여자애들은 바쁘고도 바빴다. 딸 셋이면 한 해에 밭이 하나씩 늘어간다는 섬의 속담처럼 말이다. 해녀였던 어머니는 그녀가 중학교에 들어갈 무렵 물질을 접었다. 물질을 접었다고는 하나 해녀가 아니라는 말은 아니었다. 전직 해녀로서 바다에 대한 권리가 생겼다. 그리고 어머니는 산방산 밑 용머리 해안가로 가서 해산물을 팔기 시작했다. 물질을 하는 것보다 해산물 장사가 오히려 나았기 때문이었다. 물질을 하면서 어머니는 수압을 견디지 못해서 자꾸 뇌선을 먹었다. 그래서인지 부작용으로 몸이 아프고 두통이 심해져서 결국 물질을 포기해야만 했다. 화증이 많아 몸에 열이 많은 어머니는 화를 어딘가로 풀어대지 않으면 생병을 앓았다. 화풀이의 대상이 아버지와 딸들이었지만, 아들을 신처럼 믿는 종교를 가진 어머니답게 남동생에게 모든 희망을 걸었다.

해안가에 관광객들이 몰려들면서 어머니는 제사와 명절에

도 장사를 했다. 아버지와 딸들이 제사 음식을 차리고 집안일을 도맡아 했다. 어머니의 하루 수익이 백만 원이 넘어가자 해녀들 몇 명이 고수익을 창출한다는 소문이 돌기 시작했다. 바닷속에서 해산물만 따던 해녀들도 물질을 멈추고 세 명씩 조를 짜서 장사를 시작했다. 용머리에는 관광객보다 파라솔을 펼치고 해산물을 파는 해녀들이 더 많아졌다. 그래도 관광객들이 넘쳐나니 수입이 꽤 좋았다. 해녀들은 물질에서 버는 돈과 장사를 해서 버는 돈으로 마을 안에서 부자가 되어갔다. 하지만 인심 좋은 섬사람들이라도 결코 질투심이 없는 건 아니었다. 결국 마을에서 폭동이 일어났다. 바다와 산과 자연은 하늘이 내린 공평한 기회라며 마을 사람들은 타당한 논리를 내세웠다. 마을 사람들은 너도 나도 시장에 가서 해산물을 떼어다가 해산물 장사를 하겠다고 용머리 해안으로 몰려간 것이었다. 산방산에 모여 있는 세 개의 사찰들이 산방굴사에서 벌어들이는 수익을 놓고 마을과 3대 7로 분배를 했다. 하루 종일 녹음테이프로 염불을 해도 사람들은 약수를 마시고 시주를 했다. 하루 수익이 백만 원이 넘는 건 산방굴사도 마찬가지였다. 리사무소에서 산방굴사의 스님을 감시하기 위해 사람을 고용할 정도였다.

도철이가 나선 것은 그때였다. 작고 억센 그는 힘이 좋았다. 더욱 놀라운 것은 화술이었다. 젊은 나이에 이장이 된 그는 마을 회관으로 사람들을 불러 모았다. 사람들은 그를 부름씨라 불렀다. 부름씨는 심부름꾼을 말한다. 심부름을 잘 하는 사람은 어디서나 환영을 받았다. 시원시원하고 민첩한 행동으로 남들이 일을 하기 전에 먼저 해주었다. 부탁하는 것도 거절 없이 처리해주기 때문에 어디에서든지 일거리를 몰고 왔다. 부름씨는 일을 나눠주고 일을 교환할 줄 알았다. 마치 시장과도 같은 역할을 하는 사람이었다.

때론 영향력이 높아서 권력을 가지기도 했지만 어디까지나 심부름꾼일 뿐이었다. 일을 시키고 명령하는 자는 따로 있었다. 부름씨는 눈에 보이는 당장의 대가를 바라는 사람이었다. 공짜 점심부터 돈까지 필요한 것들을 목표에 둔다. 대가가 있다면 무엇이든지 가리지 않고 심부름을 했다. 먼 곳을 바라보지 못하기 때문에 수치심을 알지도 못하고 옳고 그름을 따지며 일을 가리지도 못했다. 아둔한 구석이 있어서 일을 완벽하게 처리할 수 없었다. 양손에 놓인 것을 모두 잡으려는 욕심은 완벽한 일솜씨와는 거리가 있었다. 뻔뻔함만 있고 섬세함이 떨어졌다.

도철은 행동대장이 되어주었다. 이장 일을 보는 걸 마다하지 않았다. 그것도 완장이라고 기쁘게 받아들였다. 혼자 있는 것은 못 견뎌서 어디나 발을 걸쳤다. 오지랖으로 정신없이 다니다 보면 밥을 굶기도 하고 경조사 비용으로 살림이 기우뚱거릴 때도 있었다. 하지만 늘 일거리는 풍부했으므로 걱정보다 긍정적으로 사는 편이었다.

"오늘 편안하십니까? 어디 도울 일은 없나요?"

도철의 안부 전화는 두루두루 퍼졌다. 아침 기상 알람처럼 온 동네를 돌았다. 신문보다 도철의 입을 통해서 소식을 듣는 게 빨랐다. 도철은 사람들이 자신에게 마을 사람들의 일과 사건을 물어봐주는 게 좋았다. 자신이 없어서는 안 될 인물처럼 여겨졌다.

"도철아, 우리 아들에게 말 좀 물어주젠?"

한 마당에 사는 부모 자식 간에도 싸움이 나서 여러 날 왕래가 없다면 도철이 나설 때라는 것이다. 도철의 입에서 그들의 섭섭함과 오해를 들을 수 있었다. 나쁘게 전하는 법이 없어서 다들 안심했다. 하지만 너무 풍문을 달고 다녀서 조심스럽기도 했다. 사람들이 자신을 찾으면 찾을수록 좋아했다. 인기가 많다는 생각을 꼭 필요한 인물이라는 것과 동일시하며 심부름을 했다. 신분 상승을 하더라도 심부름하던 습성은 버리지 못하여 어디서든 벌떡 일어나 팔을 걷어 붙였다. 그래서 자신을 속일 수 없게 되었다. 인내심이 부족한 부름씨는 자발적으로 총대를 메고 일을 만들었다. 결국 일을 지시한 자는 보이지 않고 그가 단두대에 서는 경우도 있었다. 실컷 일해주고 욕을 먹는 경우인데 일 욕심에 기인한 것이라 다들 부름씨를 가볍게 생각했다. 부름씨는 심부름꾼을 말했다.

*

최고는 하수들을 신경 쓰지 않았다. 그들만의 리그는 그대로 놔두었다. 대신 자신의 과오를 되짚어 실수를 반복하지 않기 위해 애를 썼다. 앞발을 감추고 하수들의 이야기를 잠자코 듣다가 때를 만나면 앞발로 그들을 눌러 제압했다. 하수들은 한번 호되게 당하면 잠잠해져서 오히려 저들끼리 책임을 물으며 물어뜯고 비난하기 바빴다. 최고는 자신의 일에만 모든 신경을 썼다. 하수들과 어울려 대화를 하는 것은 그들이 마련한 환대의 자리에서뿐이었다.

도철은 부름씨였기에 최고들의 모습을 바라보며 빈틈을 노렸다. 최고가 사라지면 그 자리는 자신의 것이 될 터였다. 하지만 최고의 다음 자리는 항상 준비된 자가 가로챘다. 최고를 닮은 후계자는 어디서나 나오는 법이었다.

"게으른데 왜 저리 대접을 받는 거야, 저 여자애들은 뒷배가 있는 거야 뭐야."

도철의 말처럼 제주체와 언니들은 마을 사람들과 어울리려 하지 않았다. 저잣거리의 도철처럼 새로운 여자마다 모두 술자리에 끌어들여 자신의 신상품으로 전락시키는 무리를 혐오했다. 헤픈 여자들의 웃음소리가 싫었다. 하지만 제주체의 집은 대로변의 사거리에 자리 잡고 있었다. 제주체의 어머니는 안방 하나만을 남겨두고 화투를 치거나 매일 밤 춤을 추는 여자들에게 세를 주었다. 어머니는 그녀들에게 마사지를 받았고, 야매 시술로 이를 몽땅 뽑고는 금이빨을 박았다. 제주체는 외할머니를 닮아 굵고 숱이 많은 까만 머리털을 가졌다. 이빨도 튼튼해서 외할머니와 제주체는 치과가 필요 없었다. 외할머니가 돌아가시자, 금이빨을 박은 어머니는 이앓이를 했고 하얗게 센 머리카락을 염색하느라 신경이 곤두섰다. 어머니는 제주체의 이빨과 까만 머리카락을 탐냈다.

춤추는 여자들은 세를 사는 여자들의 방에서 손톱을 손질하며 빈둥거렸다. 육지 여자들의 무리였다. 그녀들은 밭에 가서 김을 매거나 미숫가루에 보리밥을 버무려 먹지도 않았다. 바닷가에 나가 물질을 배우지도 않았다. 하지만 집에서 쿠키를 구울 줄 알았고, 얼린 프리마를 꺼내어 차갑고 달달한 냉커

피를 만들 줄 알았다. 사자머리를 하고 눈썹문신도 했다. 젖가
슴이 몹시 커서 굵고 긴 금목걸이에 걸린 초록 보석이 가슴 사
이로 알맞게 들어갔다. 어린 여자아이와 갓난아기들도 목걸
이를 만져보고 싶게 만들었다.

　어머니와 아버지는 가끔 셋방으로 건너가 화투를 치기도
하고 춤을 추기도 했다. 하지만 이내 안방으로 건너와 주무셨
다. 다음 날 일찍 탕탕기를 몰고 일을 나가실 아버지와 물질을
나갈 어머니였기 때문이었다. 아버지는 술이 약했다. 하지만
사람들과 어울려 이야기하거나 무심히 바라보는 걸 좋아했다.
아버지는 사람들을 좋아했다. 어머니처럼 영악하고 셈이 빠
르지 못했다. 어머니는 항상 싸움닭처럼 판을 엎기 일쑤였다.
개띠인데 꼭 쌈닭처럼 굴었다. 아버지와 제주체가 창피해서
사람들을 피해 다녀도 어머니는 마치 어제의 일은 까마득한
옛일처럼 느껴지는지 아무렇지도 않았다. 수치심은 아버지와
제주체의 몫이었다. 직언과 우격다짐으로 제 것을 쟁취하지
못하면 어머니의 분노가 여러 날 가족에게 쏟아졌다. 온갖 굴
욕을 다 갖춘 어머니는 동네를 쑥대밭으로 만들었다. 술을 마
시지도 않고, 놀음도 좋아하지 않는 어머니는 화를 참지 못했
다. 결국 동네 사람들은 상진이 누이보다 어머니를 더 무서워
하기 시작했다.

"서방 복 없는 년, 자식 복도 없지."

혹은

"귀신에 씐 것 같아."

분노조절에 실패한 어머니가 스스로 진정이 되면 가족과 귀신에게 책임을 전가했다. 자신이 마음껏 발산하지 않으면 화가 풀리지 않았다. 그리고 자신의 잘못을 알게 되더라도 사과하는 법이 없었다. 슬쩍 꼬리를 내리다가 귀신 탓을 해버렸다. 질투와 투기로 점철된 자신의 성격이 결국 귀신과 가족에게 기원했다며 결론짓는 어머니의 모습은 제주체의 사고력 성장에 영향을 미쳤다. 제주체에게 어머니는 여자들 중에서 하수였다. 하수 중의 하수였다. 치욕스런 자신의 어머니를 버릴 수도 없고 호적을 파낼 수도 없다는 현실을 그때부터 감지하기 시작했다. 평생 짊어질 짐이 어머니라는 게 몹시 슬펐다. 연을 끊을 수 있다면 얼마나 좋을까. 어머니의 과오를 보면서 하수처럼 실수하지 않겠다고 자신을 채찍질했다. 그런 어머니를 제주체는 무관심하고 서늘하니 바라보기만 했다. 아버지도 마찬가지였다. 아버지는 딸들을 시내의 여고로 보내기로 결심했다. 모두 도철의 먹잇감이 되거나 어머니의 광기에 미칠 게 뻔했다. 밤마다 담벼락에서 들려오는 고양이 울음소리는 딸들을 꾀어내려는 도철이 부르는 암호였다. 문을 걸어

잠근 아버지는 도철에게 한마디도 하지 않았다. 사나운 어머니의 광기 덕분에 마을 사람들은 어머니를 피해 다녔고, 딸들은 도철로부터 무사한 유일한 여자애들이 되었다. 마을을 떠나 여고에 들어가게 된 딸들이기도 했다. 언니들은 친척집에서 살며 여고를 마치고 대학에 가서 결혼을 했지만, 제주체는 자취를 했다. 누구의 간섭도 사절이라며 잘라 말했다. 아버지는 순순히 제주체에게 방을 얻어주었다.

*

　화가와 가깝게 지내게 된 것은 투명한 파란색의 수채화 덕분이었다. 흰 여백을 전부 채색하지 않고 남긴 여백이 좋았다. 붓의 터치가 보이는 파랑, 접경 속의 파란색들이 겹쳐져 물방울이 맺힌 듯 조금 짙은 파랑. 바다의 주름들이 겹쳐져 촘촘한 파란 수평선과 심해를 감춰둔 파란색을 짐작해보았다.
　시내 도서관의 전시실에서 그의 그림들을 멈춰 서서 보던 제주체는 자신의 손에 든 고래 도감을 보았다. 고래는 도감이 아니라 바다에 가서 직접 보고 싶었다. 하지만 전시실에서 보게 된 물속 그림을 보자 생각을 고쳐보았다. 그의 그림처럼 고래도 도감 속의 모습이 더 나을지도 모른다. 고래의 주름과 바다의 주름은 예술가의 번역이 필요한 것이라고 혼잣말을 했다. 해녀들의 수경 속에서 바라본 삶의 주름처럼 말이다.

"그림에 관심 있나요? 어떤 그림이 좋아요?"

등 뒤에서 가늘고 조그만 목소리가 들려왔다. 숨이 찬지 조금씩만 천천히 말했다. 창 밖에는 유월의 수국이 파래지며 커다래지고 있었다. 하늘마저 파래서 하얀 구름이 여백처럼 보였다. 제주체가 왼쪽으로 돌면서 고개를 돌리자 그는 그녀의 시선과 맞추려는 듯 고개를 왼쪽으로 천천히 기울였다. 하얀 셔츠 그리고 검정 슬랙스를 입은 그. 검은색으로 염색을 했는지 머리카락이 까맸다. 그리고 하얀 얼굴과 목선이 보였다. 가느다란 입술 사이로 단어들이 물방울처럼 흘러나왔다. 분명 물방울이었다고 제주체는 생각을 향해 강조했다. 제주체는 죽은 것과 살아 있는 것들을 분명하게 구분 짓는 현실에서 입을 꾹 다무는 버릇이 생겼다. 그렇지만 자신의 생각에게는 자신이 본 것을 부정하지 않았다. 그러면서 말했다.

"파란색이 좋아요. 물 그림이 특히 마음에 들어요. 물방울들을 뱉어내는 고래가 곧 수면 위로 가서 분수처럼 등에서 물을 뿜어댈 것 같아요. 물 벗 같은 둘이 꽉 찬 파란색과 흰색의 여백까지요."

초등학교를 다닐 때의 물속을 기억하고 있었다.

"어머니가 물질을 하러 가면 애들이랑 얕은 바다에서 잠수를 하며 놀았어요. 각자의 어머니들을 흉내 내면서 말이에요. 어머니들처럼 큰 수경을 갖지 못했지만 문구점에서 파는 플라스틱 물안경을 끼고 잠수를 했어요. 30초 정도 숨을 참고 물속을 바라보았죠. 스노클을 가진 친구들은 더 오래 물속을 볼 수 있었어요. 갯바위에 붙은 성게와 보말을 따기도 했지만, 어머니들이 수중에서 따 온 전복과 소라들보단 크지 않았지요. 내가 허리를 구부려 바라본 물속은 누런 모래가 소용돌이 쳐서 아무것도 없었지만 고래가 올려다본 수면은 분명 이 그림을 닮았을 거예요. 어머니도 이렇게 올려다봤을 거구요."

제주체는 태왁과 망사리가 있는 수면 위로 솟구치려는 어머니의 모습을 떠올렸다. 그때 어머니의 나이는 서른 중반이었다. 바다와 밭을 오가던 분주한 젊은 어머니. 그러다 얼마 후 어머니는 물질을 그만두었다. 바닷속에서 죽음을 맞이하는 게 해녀들에겐 호상이었다. 마흔이 되기 전에 어머니는 바닷속으로 난 저승길을 포기했다.

"아직 물속에서 눈을 떠본 적이 없어요. 하지만 이런 바닷속에서 해녀처럼 살아도 좋겠다는 생각이 들어요."

그의 하얀 얼굴에 미소가 번졌다. 다시 숨이 찬 듯 입술을 오물거렸다. 억양 없는 말에서 도시 냄새가 묻어나왔다. 어째서 반도의 끝에도 붙어있지 못한 섬으로 와서 전시회를 열었을까. 그는 멸치의 까만 눈처럼 그녀를 쳐다보았다. 그러고 보니 얼굴 전체에서 눈동자만 점이었다. 까만 눈동자가 온점처럼 작아서 티가 나지 않았다. 긴 눈초리와 긴 입술에 비해 눈동자는 점에 가까웠다. 상대적으로 얼굴이 하얀 도화지처럼 넓게 펼쳐져 보였다. 까만 머리카락을 손으로 쓸어 넘긴다면 하얀 백지는 더 드러날 듯했다. 칼날로 베인 듯 한 개의 선과 흑점 둘. 얼굴에 비해 몸은 가늘고 길었다. 그래서 얼굴이 커 보이지 않았다. 멸치 같은 눈동자로도 제주체를 관통하고 있음이 분명했다.

"이 섬의 바다는 그림 같겠지만, 해녀는 아무나 되지 못해서요. 저도 해녀가 되지 못했는걸요."

제주체는 한 번도 해녀가 되겠다고 생각해보지 않았다. 해녀들이 잡아 올린 미역과 천초가 도로 양쪽을 점령하는 오뉴월은 비린 냄새로 멀미가 날 정도였다. 종자씨를 하려고 말리는 마늘까지 널어둔 마을을 지날 때면 옷에 냄새가 묻어날까 봐 투덜대기도 했다. 자전거를 탈 수도 없고, 걸어 다닐 수도 없었지만 자동차를 운전하는 사람들과 도로로 나와 걷는 사람들조차 항의를 하지 않았다. 해녀들의 수입으로 섬은 지탱되고 있었다.

"시간 되시면 저랑 용두암 해안가에 가실래요? 노을 질 때 가보고 싶었는데 혼자는 좀 그래서요."

그는 되도록 많은 이야기를 들려주려 애썼지만, 시간이 필요했다.

그의 차를 세워두고 택시를 탔다. 전시실을 빠져나온 그는 목이 마른 듯 해안가 입구의 상점에 들어가길 원했다. 맥주와 음료수를 사들고 용두암의 기슭을 따라 내려갔다. 가다 보니 사람이 앉을 수 있게 편편한 너럭바위가 눈에 띄었다. 그는 목의 단추를 하나 풀었다. 제주체에게 맥주를 권하고는 혼자서 한 모금 마셨다. 그가 밝게 웃었다.

"나를 구출해줘서 고마워요. 전시실에서 나는 시간을 세고 있었거든요. 답답하고 두렵고 무서웠어요. 더 마셔도 되겠습니까?"

벌써 병 하나를 다 비운 그는 머쓱하게 웃어보였다. 웃는 얼굴이 어처구니없게도 해맑았다. 해가 서쪽 도두봉 쪽에서 붉어질 기미가 보였다. 용두암은 용의 머리를 닮은 것 같지 않았다.

"제주는 바다가 참 깨끗하고 파랗지요. 부산의 흰여울에서 바라보는 바다와 비슷해요. 저는 어릴 적 그 좁은 골목길에서 바다를 바라보며 자랐어요."

그는 부산에 관한 유년을 말하지만 말씨에선 표준어인 서울말이 묻어나왔다. 자신의 이야기에 고픈 사람처럼 굴었다. 하지만 말이 서툰 사람처럼 여전히 숨이 찼다. 새치를 검정색으로 물들인 것부터 시작해서 셔츠와 슬랙스와 구두가 사슬처럼 자신을 묶었지만 실은 자신이 그것들에 의지해서 산다는 이야기로부터 시작되었다. 그는 제주체가 마치 전기를 쓰는 사람인 것처럼 자신의 일대기를 늘어놓을 셈이었다.

"나는 당신을 원하지 않아요. 당신의 이야기도 내게 한낱 지나가는 뜬구름일 테니까요. 당신은 나에게 중요하지 않아요."

제주체가 잘라 말했다. 그는 맥주를 세 병 비운 상태였다. 그리고 제주체를 말없이 쳐다보았다.

"제주 여자들이 그렇게 쉬운 게 아니라는 걸 당신도 아시잖아요. 육지 여자처럼 당신의 화술에 넘어갈 거라고 생각하신 건 아니겠지요? 당신네 육지 남자들의 속셈은 너무 뻔해요. 기승전결이 모두 복제품처럼 같잖아요. 매력 없어요. 술을 다 마셨다면 일어나시죠. 아직 나르시즘의 초기라면 저 먼저 일어나겠어요."

제주체는 용두암 앞에서 자신의 이야기를 늘어놓는 남자

에게 흥미를 잃었다는 듯 되돌아섰다. 그리고 혼자 가버렸다. 그는 멀뚱히 제주체의 뒷모습을 바라보며 눈을 비볐다.

*

헤어지고 난 후 여러 날 앓은 건 제주체였다. 자취방에 돌아온 그녀는 시험공부를 하다 말고 지나치게 이방인을 경계한 것을 후회하면서도 호기심을 멈출 수 없었다. 몸에 한기가 오면서 힘이 빠져버렸다. 감기 증세와 비슷했다. 다시 용기를 낸 건 제주체 자신이었다. 숙제로 제출할 고래에 관한 보고서는 대충 마무리 지었다.

"저어, 저기요……."

전시실에 서 있는 그를 불렀다. 붙박이처럼 꼼짝없이 그림 앞에 서있던 그가 돌아보았다. 이번엔 제주체가 천천히 그의 시선에 맞추어 고개를 한쪽으로 기울였다. 깎지 않은 수염이 야윈 볼 위에 드러났다. 그러고 보니 그의 머리카락도 은빛 새치들이 보였다. 회색 카디건과 어울렸다.

"아……. 오셨군요. 기다렸어요."

기다렸다는 말에 제주체의 몸에서 힘이 빠져나가버렸다.

현기증이 일었다. 듣고 싶은 말을 들을 때 사람 간의 간격은 좁아졌다. 제주체는 그와 다른 공간으로 넘어가고 있었다. 그들만의 언어로 말이 통하는 공간으로 빨려들어 간다는 사실을 알아차렸다.

"책을 반납하러 왔다가 들렀어요. 그때는 제가 너무 경솔했어요. 죄송해요. 육지에서 온 낯선 이방인을 경계하는 습성이 있던 터라 미리 넘겨짚어서 떠난 걸 후회했어요. 두려움이 컸나 봐요."

그는 제주체를 안았다.

"어떤 말도 할 수 없어요. 그냥, 몹시 사무쳤어요."

그냥이라는 말. 그냥 좋다는 말은 제주체가 자신의 감정에서 찾던 답이었다. 그녀도 그냥 좋았다. 그래서 혼란스러웠다. 처음 보는 사람에게 충동적으로 끌린 것인지, 그의 그림을 좋아해서 혼동하는 것인지 몰랐다. 무엇이든 충분히 그녀의 호기심과 충동이 충돌했다. 낯선 그에게 연민이 일었다. 그리고 그들은 서로에게 마음의 사서함을 열었다.

전화번호를 교환한 그들은 다음 날 한낮에 제주 시내의 서문시장에서 만났다. 사람들이 왁자지껄한 그곳은 시간을 덧칠하며 낡은 페인트가 벗겨진 높은 건물들 사이로 시장이 펼쳐져 있는 곳이었다. 그는 그곳에 방을 얻었다. 혼자 기거하는 그가 택한 곳이 조용한 전원이 아니라 시장 한복판이라는 점이 특이했다.

"부러 사람들 말소리가 많은 곳을 찾았죠. 나는 어릴 적 시장통에서 자랐어요. 홀어머니는 생선을 떼다 팔며 우리 삼 형제를 키우셨어요. 나중엔 시장 내에서 생선요리를 하는 식당을 차렸더랬죠. 내 밑으로 여동생 둘이 있어요. 어머니를 도와 식당일을 거들었죠. 아버지는 늘 바람 같은 사내라서 여러 해 집을 나가고 나면 감감무소식이었지요. 어머니는 처음부터 아버지에게 기대 살려는 희망 같은 게 없었던 사람이었죠. 어머니가 우리를 키우신 거지요. 아버지가 여러 해 지나 불쑥 나타나면 우리는 아버지와 말끔하게 차려입고 동네 해안가를 한 바퀴 돌았지요. 마치 어머니가 남편 있는 여자라는 걸 증명해 보이려는 듯 말이지요. 그게 싫지 않았어요. 함께 바라보던 노을빛과 바닷빛이 참 좋았는데……. 방 한 칸 딸린 식당에서 어머니 일이 끝나길 기다리던 그때는 시끄러운 시장통이 싫었는데 나이가 드니까 그때의 소리들이 그리워지더군요. 제주로 내려와서 이곳을 찾고는 딱 한 달만 살다 가야지 하다가 일 년이 되었습니다. 달셋방을 찾다 보니 오래된 전통시장인 이곳을 찾게 되었지요. 한낮엔 사람 소리를 창 너머로 듣는 게 좋구요. 새벽엔 짐꾼들의 소리들이 좋아요. 밤엔 한두기와 용연

바닷가에서 들려오는 뱃고동 소리도 들을 수 있지요."

*

사람 사이엔 시간과 공간을 하나로 만드는 신비가 숨겨져 있다. 나이 차이가 스무 살이나 벌어진다 해도 불가해한 일은 벌어진다. 분리된 각자의 관계가 아닌 스밈으로 하나를 이루는 물이 수직이 되기도 하고 수평이 되기도 한다. 한데 어울려 울리면 파도가 되고 바람이 되다가 돌로 굳어지기도 한다. 예술의 원천인 뮤즈가 되고 삶의 안식처가 되어주기도 한다.

그의 방에서 음식을 시켜놓고 먹었다. 얼음이 든 유리잔에 술을 붓고, 생선회와 소라, 삶은 문어와 지리국까지 배달되는 게 신기했다. 그는 식당에서 혼자 밥을 먹는 게 아직은 서툴고 어색하다고 했다. 그리고 혼자 이곳에서 밥을 먹는 게 좋다고 했다. 둘은 술잔을 부딪고, 담배를 나눠 피웠다. 제주체는 처음 피우는 담배와 술이지만 그가 하는 대로 했다. 둘의 얼굴이 붉어졌다. 그리고 웃었다. 입술을 찾아 서로 눈을 감고 얼굴을 더듬었다.

"스물셋 정도로 봤어요. 성숙하고 고혹적이라고 할까요.

그런데 아직 열아홉이라니 믿기지 않아요. 나는 서른아홉인데 아직 당신보다 한참 어리석죠. 아직까지 어린 여자를 만난 적이 없어요."

"나는 낯선 곳에서 온 남자가 좋아요. 내가 모르는 낯선 세계를 다 알아버린 슬픈 사람. 새치가 있어서 나이가 많은 남자인 줄 알았는데. 너무 젊으시네요."

손끝에 만져지는 분홍의 질감. 비리고 끈적한 액체는 개구리알들이 매달린 투명한 액체덩어리 같았다. 그는 제주체를 정성스럽게 씻겨주었고, 자신을 씻어주는 제주체에게서 흐르는 액체를 만지작거렸다. 그는 분홍 액체를 자신의 캔버스에 가져가 칠했다. 하얀 캔버스 위로 손가락과 손바닥을 붓처럼 이용했다. 하나의 획이 그어지며 동그란 원이 되었다. 파란 물속 그림과 다른 옅은 빨강이 하얀 하늘을 찢고 있었다. 그림처럼 맨살을 포개어 둥글게 말고는 낮잠을 잤다. 그들은 낮술, 섹스, 낮잠, 낮의 세 가지 즐거움을 맛보았다. 일요일 한낮은 시끄러움과 좋은 햇살이 블라인드 덧문 사이를 그대로 통과했다. 밝고 환한 시끄러움의 한복판에서 마치 관음증에 걸린 세상에 벌거벗은 채 보란 듯 그들은 사랑에 갈증을 냈다.

"모리, 참으로 외국인 같은 이름이네요. 성이 모씨인데 외자인 리라니요."

"어머니의 한수였지요. 그녀가 결혼한 남자의 성은 모씨였고, 내게 생명을 준 남자의 성은 이씨였거든요. 두 아버지 사이에 내가 있는 거니까요. 모이라고 발음하기가 그래서 모리라고 지었나 봐요."

제주체는 모리에게 다시 한번 사랑을 원했다. 놀랍게고 능숙하고 건강한 모리가 싫지 않았다. 그리고 제주체가 더 많은 사랑의 방식을 원했다. 비로소 많은 비밀을 알게 된 여자 같은 기분이 들었다. 처음의 아픔을 제외하면 오히려 몸이 달아오르다가 회오리치는 어지러움이 좋았다. 그녀의 세상에 없던 쾌락이 존재하기 시작했다. 전시실의 어둡고 습한 곳에서 숨이 차던 그가 이제는 다른 사람처럼 느껴졌다. 건강한 몸을 가진 야생의 청량한 호흡이 느껴졌다. 제주체가 혼자 자취를 하며 다니던 가톨릭 여학교는 조용하고 엄숙했다. 고3의 생활도 얼마 남지 않았다. 그녀는 혼자 3년 동안 자취를 하면서 학교를 다니는 동안 눈에 띄지 않는 조용한 여고생이었다. 고3의 1학기 중간고사가 끝나면 대부분 야간자율학습을 하지 않고 독서실로 향하는 학생들이 많았다. 그 시간에 제주체는 그의 화실로 갔다. 서문시장의 건물들 중에 목욕탕 건물의 맨 위층인 4층에 그가 살았다. 3층마저도 수건이나 목욕 물품을 쌓아 두는 창고여서 사람들이 계단을 올라오는 일이 없었다. 1층 여탕과 2층 남탕으로 올라가는 계단과 분리된 건물의 내부 계단은 사람들의 눈에 띄지 않아서 4층까지 올라갈 수 있게 되었다. 건물 입구만 하나였을 뿐, 분리된 계단이 있는 일제 때 지어진 근대식 건물이었다. 낡았지만 단단한 석조 건물이었다. 남자와 여자들이 수시로 들락거리는 건물에 제주체가 들어가는 건 이상한 일이 아니었다. 젖은 머릿결이 땀에 헝클어진 채 건물을 빠져 나와도 아무렇지 않았다. 그의 화실은 꽤 넓었고 아늑했다. 주변은 거의가 단층이거나 3층이 대부분인 건물들의 옥상과 용담 바다가 보였다. 비행기 소리가 시끄럽게 들렸지만 오히려 다행이었다. 한라산이 보이는 남쪽으로는 커다란 창과 함께 광목천과 캔버스가 커튼을 대신했다. 모리는 제주체의 털과 체액으로 그림을 그리는 것을 좋아했다. 가끔 제주체의 땀과 제주체의 몸이 캔버스 위의 물감을 휘젓기도 했다. 그녀의 몸이 붓이 되었다. 그와 함께 붓이 될 때도 있었다. 그림은 비밀 한가운데의 꽃이 뿜어내는 분수였다.

"왜 1층이 여탕일까요?"

"불이 나면 여자들은 가릴 곳이 많잖아요."

"우리가 있는 곳은 4층인데 어쩌지요?"

"함께 불 속에서 재가 되면 될 일을……."

"그래요, 그랬으면 좋겠어요."

*

모리는 생선을 팔던 어머니가 자신을 화가의 작업실로 보내던 날을 기억한다. 겨우 열 살이던 자신을 화실의 청소부로 보낸 것이다. 그리고 모리가 화실에 다니기 시작하면서 어머니는 생선을 팔던 좌판을 치웠다. 치웠다기보단 식당을 차렸지만 식당일을 하면서도 가게 앞에 좌판대를 설치해서 생선을 팔았다. 배달을 시켜먹는 상인들과 시장에서 싱싱한 횟감을 사들고 식당을 찾는 손님들로 바빴다. 횟집에서 회를 먹는 것보다 싸고 싱싱한 회를 즐기는 사람들이 늘어나자 어머니와 같은 식당이 하나둘 늘어나기 시작했다. 횟집 동네가 형성되자 오히려 수입이 더 좋아졌다.

어머니는 생선을 팔기 전에 식당에서 홀 서빙과 배달을 하던 열아홉의 소녀였다. 부모님이 돌아가시자마자 고등학교를 중퇴하고 식당일을 했다. 부모가 남긴 흰여울의 집이 없었다면 어머니는 먼 곳으로 갔을 거라 했다. 바다 건너 먼 곳으로.

화가는 모리에게 깨끗한 하얀 서츠와 검정 바지 그리고 구두를 사주었다. 연필과 스케치북을 주며 데생과 크로키를 가르쳤다. 청소는 물걸레로 수채화 물감이 묻은 탁자와 의자를 닦는 일을 시켰다. 팔레트와 붓을 언제나 깨끗이 빨고 햇빛에 말리는 법을 가르쳐주었다. 앞치마를 벗으면 전신 거울 앞에 서서 옷과 머리를 만지는 법을 가르쳐주었다. 모리는 화가의 선물인 맥고모자가 마음에 들었다.

어머니는 여동생들을 해녀의 집에 양녀로 보내기로 약속해두었다. 상군해녀의 집에 가서 물질을 배우다가 일본으로 원정물질을 가면 큰 부자가 될 수 있다고 했다. 일본으로 가서 살아도 좋겠다고 했다. 이기대에서 물질을 하는 해녀가 딸들을 거두기로 약속했다. 그녀는 어머니에게 해산물을 납품하다가 딸들의 두 눈에는 물이 많아 물질을 잘 할 수 있을 거라 말했다. 여동생들이 물질을 하려면 열다섯 살이 되어야 했다. 아직 아홉 살과 여덟 살밖에 안 된 여동생들은 어머니가 생선을 팔 때 옆에 앉아서 공기놀이와 인형놀이를 했다. 그리고 식당이 생기자 홀 서빙과 배달 일을 했다. 학교에 들어갈 나이지만 어머니는 그녀들이 물질을 할 거라며 학교를 보내지 않았다. 여자가 너무 많이 알면 팔자가 박복하다면서도 셈과 한글 공부는 혼쭐을 내며 가르쳤다. 너무 무식해도 팔자는 사나운

법이었다. 하지만 모리만은 깔끔하게 옷을 입히고 학교에 보냈다. 그리고 3학년이 되자 화가의 화실로 데리고 갔다. 그때 어머니는 처음으로 하얀 수건을 머리에서 벗고 장화와 앞치마를 벗었다. 그리고 일산 꽃무늬 양산을 쓰고 검은 머리카락을 드러내놓고 긴 원피스를 차려입었다. 화가와 어머니는 별 말 없이 일산 찻잔과 양과자가 놓인 창가 쪽에 서서 창밖으로 들려오는 시끄러운 소리들의 빛을 쬐었다. 어머니는 여동생들을 화가의 화실 근처에도 데려오지 않았다. 그 후로 모리는 혼자서만 화실을 오고 갔다. 어머니와 모리의 첫 약속이기도 했다. 그리고 아버지에게도 말하지 않기로 했다. 어머니는 식당에서 음식을 배달해주며 알았던 화가라고 했다.

화가가 십 년 전에 이곳 시장통 건물 꼭대기에서 그림을 그리며 음식을 배달시켰다고 했다. 그는 십 년 만에 다시 이곳을 찾아왔다. 그리고 모리의 어머니를 다시 만났다. 그는 사업이 아니라 모리에게 그림을 가르쳐주기로 했다. 청소를 하는 조건이 있었지만, 그건 사람들에게 둘러대기 좋은 말이었다.

모리의 아버지가 집에 살 적에 시장에서 리어카로 배달을 했다. 날쌔고 붙임성이 좋아 사람들이 아버지를 많이 찾았다. 어머니를 만나기 전에 제주 성산포의 진지 동굴 속에서 살았다고 했다. 난쟁이인 할아버지가 왕자(王) 모양의 진지 동굴을 파면서 옥자(玉) 모양으로 몰래 팠다고 했다. 그곳에 아버지를 숨겨서 사태를 피했다고 했다. 난쟁이 할아버지 덕분에 살아난 아버지는 실어증에 걸려 말을 하지 못했다. 할머니는 수마포 해안의 소라 껍데기들이 깔린 모래사장에서 총살당했다. 그 당시엔 죄가 없어도 사람들이 죽었기에 살아남는 게 우선이었다. 부모의 죽음 앞에서 벙어리가 되어버린 그는 일본군이 물러가고 4·3사건으로 섬 전체가 아수라장이 되었어도 살아났다. 일제 강점기 때 섬사람들과 포로들은 가이텐이 되어 어뢰정을 타고 연합군의 함대를 공격하던 일을 했다. 일본군들은 패망하자 본국으로 달아났고 성산일출봉의 둘레는 그들이 파놓은 구멍과 동굴 천지가 되었다. 까마귀 떼가 하늘을 덮고 불길이 솟던 사태도 지나갔다. 그 파란 속에서 아버지는 목숨을 연명하며 난리를 모두 견뎌냈다. 그리고 부산으로 건너와 어머니를 만났다. 하지만 해무가 낀 초여름의 바다를 견디지 못할 때마다 아버지는 사라져버렸다. 죽은 할머니를 찾아 떠돌았다. 손에 쥔 할머니의 어금니를 쥐고 식은땀을 흘리며 잠을 자기도 했다. 그런 아버지를 새벽 바닷가에서 만난 어머니는 그를 집으로 데리고 왔다. 여러 날 앓던 그를 거둔 건 어머니였다. 부모를 잃고 혼자 살던 어머니는 흰여울의 집에서 그렇게 아버지와 살기 시작했다. 어머니는 일찌감치 아버지에게서 누릴 안식을 포기했지만 나름의 방식으로 삶을 살기 시작했다. 혼자 사는 여자보다 벙어리라도 남자와 사는 여자가 세상을 견디기 쉬웠다. 어머니에겐 바람막이가 필요했던 것이다. 그리고 어머니는 스무 살이 되자마자 모리를 낳았다.

*

모리는 불과 꽃을 주로 그렸다. 불과 꽃이라는 한자와 한글, 사투리들을 모아서 글자를 색에 입혔다. 때론 글자들이 그림이 되도록 점묘법을 사용하여 그렸다. 담뱃진을 이용한 꽃나무의 결과 질감도 특이했다. 그의 손에서 바람과 눈과 비가 생겨났다. 물감을 쏟아 부어서 자결하려는 듯 붉은 불꽃을 만들기도 했다. 그렇다고 캔버스 전체가 어지럽고 난삽하지는 않았다. 깔끔한 여백 처리의 바탕과 가족이라는 주제가 연관되었다.

모리는 제주체를 화화라는 애칭으로 불렀다. 그녀의 불꽃털을 그림 속에 담았다.

"화화는 불이자 꽃이에요. 늘 처음 떠오르는 낱말처럼, 나에게 불꽃놀이 같은 영감이 떠오르게 하지요. 나는 결혼을 하면 어릴 적처럼 가족이 손을 잡고 바닷가를 걸었으면 했어요.
결혼해서 소풍을 가 본 기억이 없어요. 그 흔한 산책도 혼자
했지요. 차라리 개를 키울까도 싶었지만 키울 자신이 없었지
요. 그래서 벚꽃이 피는 사월과 오월이 우울했지요. 사케와 회
를 먹으며 바깥 풍경에 귀동냥하는 봄밤의 그늘에게 의지했지
요. 바닷가에서 불꽃놀이하는 날이 왔으면 해요. 광복절 같은
기념일이나 축제날 터뜨리는 불꽃놀이 말이에요."

커다란 붉은 꽃잎 속에서 불꽃털 하나가 수술과 암술 사이
에 놓여있는 그림을 제주체는 바라보았다. 모리가 바라보는
제주체가 그러했다는 것일까? 모리는 파란 꽃잎 속에도 불꽃
털을 붙이고 그렸다. 눈썹을 닮은 꽃술들이 있는 꽃송이는 여
자의 입술을 닮기도 하고 눈동자를 닮기도 했다. 빨강과 파랑
을 모두 가진 보라색 같은 여자, 화화는 그런 뮤즈라 했다. 모
리는 제주체에게 수국의 헛꽃이 아니길 바랐지만, 자신이 헛
꽃이어도 나쁘지 않겠다고 제주체는 말했다. 매달리지 않는
제주체를 사랑하지 않도록 모리는 애썼다.

"내가 그렇게 사랑하던 그대여 내 한평생에 차마 그대를 잊
을 수 없소이다. 내 차례에 못 올 사랑인 줄은 알면서도 나 혼
자는 꾸준히 생각하리다. 자 그러면 내내 어여쁘소서."

모리에게 이상의 시를 읽어주던 제주체는 덥고 습한 여름 공기가 밀려오는 우기의 기미를 느꼈다. 제주체가 시를 읽어주거나 소설의 한 대목을 읽어주면 모리는 그림을 그렸다. 등 뒤에서 날아오르는 낱말들이 캔버스로 활강하는 소리는 그림이 되고, 반딧불이가 되어 빛났다.

"나도 〈날개〉에 나오는 주인공과 사랑을 나누면 좋겠어요. 이상처럼 뮤즈를 아름답게 써주는 시인이라면 평생을 사랑해도 나쁘지 않을 것 같기도 하고, 관음증 걸린 남자 앞에서 보란 듯 다른 남자와 사랑을 나누는 것도 뭔가 짜릿하기도 할 것 같아요."

"나는 미쳐버릴 거요. 내 여자가 다른 남자와 사랑을 나누는데 내가 만약 불구라면 말이오. 이상도 나중엔 폐결핵이 깊어서 아마 누구와도 사랑을 나누지 못했을 것 같아요. 남자에게 사랑이 없다는 건 세상이 없다는 것이오. 당신이 없던 세상을 어찌 살아왔는지 모르겠어요."

"나는 스무 살이 되면 작가가 되고 싶어요. 그리고 섬을 떠날 거예요. 바다를 건너가고 싶어요. 하지만 나는 제주 여자예요. 당신의 사랑에 기대어 전업주부가 되거나 당신바라기만 하는 육지 여자가 될 수 없어요. 여긴, 바람과 돌과 여자의 섬이라구요. 영원한 독립체들이죠. 신이 간택한 지상의 용병들이죠."

안개가 끼는 섬에서 유월 중순부터 칠월 중순까지 견딜 수 있는 사람은 드물었다. 햇빛을 구걸하는 사람들은 굶주린 사람처럼 서로 고성을 지르며 싸우기 십상이었다. 제주체는 습기가 많은 고온의 섬이 싫었다. 곰팡이가 벽마다 돋아날 것이다. 모리와 싸우지 않기를 바랐다. 온순한 남자였으면 했다. 제주 남자들은 다혈질이며 즉흥적이었다. 그리고 뻔뻔하게 우기며 다음날의 일상 속에서 무리와 섞여 지냈다. 그런 무례함을 가진 섬의 남자들이 싫었다. 아이들은 아버지를 보고 자라기 때문에 남자아이들마저 단순하게 성적 농담을 섞어가며 여자들을 희롱했다. 모리는 제주체에게 예의를 갖추고 존댓말을 써주는 유일한 남자였다. 제주체는 자신을 여자로서 존중해주는 남자라면 모든 게 괜찮다고 생각했다. 최소한의 예의도 없는 남자들이 사는 섬이었으니 말이다.

"더워요. 밤이 깊어지면 우리 수영하러 갈래요?"

"수영은 좀 이르지 않을까? 임진왜란이라도 일어난 것처럼 여기 밤바다는 집어등을 단 고깃배들이 불을 밝히지요."

자정이 넘고 사방이 고요해지자, 그들은 용두암 밤바다로 나갔다. 그리고 옷을 다 벗고는 맨살에 닿는 검은 물속을 즐겼다. 검은 밤 수평선에서는 전쟁이 일어난 듯 집어등이 환하게 불꽃향연을 펼치고 있었다. 오히려 해안가의 납작한 지붕들

은 소등을 하고 깊은 잠에 빠져있었다. 물속에서도 불꽃놀이
는 한창이었다.

*

오직 사랑만 하는 그와의 시간이 좋았다. 다른 것은 필요
하지 않았다. 사람들의 발자국 소리를 들으며 블라인드 창문
사이로 빛들이 지나갈 때 그들의 발밑에서 나누는 사랑도 좋
았다. 거짓 사랑과 도덕 따위를 버리고 본능에 충실한 자연 그
대로의 사랑 같은 느낌을 원했다. 그들은 가끔 목욕탕이 쉬는
날 반지하로 내려가 머리맡으로 지나가는 시장 사람들의 발자
국 소리에 맞춰 사랑을 나눴다. 목욕탕을 통째로 사용할 수 있
었다. 여탕 혹은 남탕에서 둘만의 수영을 즐길 때도 있었다.
다른 것은 필요하지 않았다. 오직 사랑에만 충실했으니까.

"후회하긴요. 섬에서 누군가에게 강간당하며 살기보단 낫
죠. 당신은 내가 스스로 택할 수 있으니까요. 행복하지요. 붙
박이들에겐 사랑이 사치예요. 그리고 당신은 이방인이라서 이
곳을 떠날 사람이잖요. 여기 섬에서 한평생 떠날 수 없는 여자

들과 남자들은 구멍동서들처럼 살면서 쉬쉬하지요. 고약한 습성이죠. 여자들이 노동을 책임지면서 사랑을 선택하지 못하는 것도 이상한 일이구요. 내 남자가 큰 각시 작은 각시 집을 돌며 사랑을 헤프게 나눠준다면 나조차도 여자들과 싸우며 투기와 질투만 남게 될 거예요. 원인은 남자인데 말이죠. 차라리 기억 속에 당신을 묻고 혼자 사는 편이 나아요. 나에겐 어제의 아름다운 사랑 하나가 내일의 섬을 버티게 할 테니까요. 당신은 이곳에 미련을 두지 말고 떠나버려요. 당신처럼 나도 섬을 떠날 수 있다면 얼마나 좋을까요."

불꽃털에서 성게가 자라고 물고기의 수염이 자라고 꽃술이 자라고 눈썹이 자랐다. 그녀에게서 만물이 자라났다. 그녀는 한 세계를 열었다. 그는 그녀에게 넓은 세계가 있다는 것을 보여주고 싶었다. 물에 갇힌 섬이 세상의 전부가 아니라는 걸 보여주고 싶었다. 하지만 그가 할 수 있는 일이란 고작 그림이 전부였다. 그녀는 그의 마음으로 완성되고 있었다. 새롭게 태어난 세계가 그와 그녀 사이에서 아름답다면 예고된 그와의 작별은 슬픔이었다. 사랑은 공평해서 누구에게나 슬펐다.

모리는 그녀를 모델로 목욕을 하는 여인들을 그리기도 했다. 여자들만 있는 용천수로 들어갈 수 없는 그는 제주체를 그렸다. 불턱에 모인 해녀들을 그렸다. 거울을 천장에 매달고, 등 뒤에 전신거울을 놓고, 손거울을 보게 했다. 거울 속의 자신과 대화를 해보라고 했다. 빛을 반사시키며 장난을 치기도 하고, 자동인형처럼 화장을 지우는 첫날밤의 신부 모습도 취해보았다. 여자의 성적 욕구만을 채우기 위한 남자들의 장난감 인형처럼 음부를 드러내놓고 모델이 될 때도 있었다. 심장이 고장난 여자처럼 바다를 보며 우는 여인의 포즈도 취했다. 제주체는 모리가 그리는 그림 중에서 풍경화와 정물보다는 꽃과 불을 이야기하는 추상적이면서도 관능적인 맨살들이 좋았다. 솔직한 그의 내면과 욕망이 에너지를 가지고 있어서 좋았다. 그가 흠뻑 빠진 세계가 자신이라는 것을 신뢰하기에 모델이 되는 일이 가능했다. 미래를 약속하지 않는 사랑이니 더욱 서늘하니 뜨거웠다. 능숙하고 정중한 그의 손끝이 좋았다.

"이제 곧 올라가야 해요. 언제 내려올지 몰라요. 실은 이번에 올라가면 두 번째 결혼을 해야 할지 몰라요. 집안의 정략결혼이니 내겐 권한이 없어요. 늘 나에겐 삶을 살 권한도 죽을 권한도 없는 것처럼. 양아버지에게 복종해야 해요. 부는 부와 맺어지고 권력과 예술 또한 그렇게 정치적으로 맺어지는 세계

니까요. 이 세상에서 순수함으로 맺어지는 삶은 없다고 봐야
지요."

"……."

"제발, 나를 사랑하지 않는다고 말해줘요."

"사랑하지 않아요."

"나도 노력할 거예요. 당신을 사랑하지 않도록. 밤의 세계
에서 말하는 꽃처럼 생각하려 애쓸 거요."

"그래요. 나는 당신이 섬에 숨겨둔 정부예요. 차라리, 그게
낫겠어요."

모리는 매몰찬 제주체를 붙들고 울었다. 그리고 벽화를 그
렸다. 둘만의 모습들이 담긴 벽화를. 그러면 제주체는 시와 편
지글 같은 글들을 벽에다 적었다. 네잎 클로버가 담긴 유리병
그림 밑에 쓴 시는 〈유령〉이었다. 그들의 공간은 그들의 기록
이 되어갔다.

   알몸으로 음악을 듣는 방이에요 네잎 클로버를 띄운 유리
   잔 속에 하얀 잔털이 소름 돋아요 천천히 잠드는 당신과 아
   무 일 없죠 당신의 물그림을 수집하는 일은 포기해서 잠만
   자요 안고 자기만 해도 얼굴은 연분홍 복숭아처럼 예뻐져 가
   요 대신 나의 입 안으로 터지는 당신의 물그림을 상상하는

일은 포기할 수 없어 잠드는 당신을 안고 있죠 밤이면 또렷
해지는 당신의 파란 그것, 가끔 새벽에도 쳐다보는 파란 그
것 당신을 구체적으로 부를 수 없어 수챗구멍에 버린 그것
은 서른 장도 넘는 그림이에요 일기장조차 물비린내로 하얀
잔털이 돋아요 그것은 당신이 나에게 한 번도 해주지 않은
고백, 수음보다 못한 나의 알몸으로 음악을 듣던 방이에요
네잎 클로버 같은 당신은 혼잣말 중이겠죠 안고 자기만 해
도 좋았던 당신과 돌아갈 수 없는 보랏빛 여관의 낙서장, 파
란 그것의 당신은 알몸으로 이야기하죠

제주체가 쓴 시의 맨 마지막 부분에 파란 셔츠를 입은 모리
가 한 줄을 더 써놓았다.

　　빨간 구두야, 제발 만져줘

＊

"까마귀 부리와 깃털 같은 검은 머리카락이 싫어요. 노랗
게 염색할까요? 혹은 빨강."

"사랑의 괴로움을 그대는 아름다움으로 아는가? 장미의 가시를 가진 그대여, 이 순간 우리의 시간을 괴롭히지 말아요. 사랑만 하기에도 부족한 시간이오."

어쩔 수 없이 자라나는 그녀의 가시를 그는 조용하고 나직하게 달랬다. 그리고 그는 섬의 생활을 정리하고 서울로 올라갔다. 한여름과 가을이 지나 그녀가 입시를 치르는 동안 서로 연락을 하지 않았다. 4층을 써도 된다고 했지만, 그녀는 그가 없는 공간으로 돌아가지 않았다. 그가 없는 공간은 애초부터 모르는 곳이었다. 제주체는 자취방과 학교를 오고가며 입시를 치르고 시를 썼다.

서울에서 전시회가 열리는 날, 그녀는 난생 처음으로 비행기를 탔다. 섬을 뒤로하고 날아오르는 첫 날개를 달았다. 우뚝 솟은 산 하나뿐인 섬에서 그녀는 태어났고, 열아홉 해를 살았다. 섬의 세계가 전부였던 그녀는 하늘을 날고 있었다. 그의 부탁대로 그녀는 빨간 구두와 검정 그물 스타킹을 신었다. 노란 가발이 어울리는 화장을 하고, 긴 코트를 입었다. 따뜻한 섬과는 달리 바람 끝이 칼날처럼 매서웠다. 눈이 내리는 게 신기했다. 사선으로 귀싸대기를 때리며 내리는 진눈깨비만 보던 그녀는 하얀 눈송이가 나풀나풀 나비처럼 내리는 걸 지켜보았다. 서울에서 내리는 눈은 섬에서 내리는 눈과 달랐다.

"나풀, 나풀…… 살포시……."

제주체는 시인들이 눈이 내릴 때 쓰는 의태어를 발견했다. 저도 모르게 낱말들이 입 속에서 물방울처럼 나왔다.

나의 커피 아르바이트비를 모텔 숙박료로 빨아먹던 그는 엄청난 재력가의 아들이었다. 게다가 이십 대 초반의 나의 시간과 나의 젊음을 가두고 혼자만 봤으니 엄청난 괴력가였다. 술잔에 주술을 걸어놓아 낚싯줄에 걸린 눈먼 고기처럼 빨려들어갔지만 그가 부리는 도시송시술 같은 침대는 보통의 차가운 석녀라도 이길 수 없었다. 모텔에서 술만 깨고 가자는 경의 1막을 교과서에서는 배우지 못한 탓에 대낮에도 술잔의 주술은 시체처럼 나를 잠재웠다. 아르바이트비를 청산하며 하늘을 나는 비강술을 배우자 그를 대낮에 태워버렸다. 그가 다른 여자들과 노닥거리다 시들 즈음에 붉은 립스틱과 쇳가루로 철심을 박은 구두를 신고 침대 위에서 비강술을 실험한 결과였다. 그날 이후로 그는 진실로 강림한 산 죽은 자이지만 나는 안 죽은 자가 되어 엄청난 재력가가 되었다. 기억에서 죽여 버린 그가 침대마다 살아나면 나는 남자들의 사랑 대신 피를 마실 수 있는 내공이 쌓였다. 쿨하고 야하게 남자 버리기의 방부제로 썩지 않는 내 시체를 찾아 태워줄 남자를 아직 발견하지 못했으므로 술잔 속의 주술은 천 년 전처럼 유효하다.

제주체는 여러 날 여관에 묵으며 그와 사랑을 나눴다. 싸구려 이불들과 벗겨진 도배지, 홍등이 켜진 불빛들과 얇은 벽을 뚫고 들려오는 거친 숨소리가 호텔보다 더 편했다. 전시실에서 잠깐 빠져나온 그와 침대 위에서 빨간 구두를 신은 채 사랑을 나누다가 그대로 쓰러져 잠들기도 했다. 시를 쓰면서 그를 기다리다가 잠이 들기도 했다. 한밤중에 다시 돌아온 굶주린 그와 네온사인이 켜진 밤길을 걷다가 후미진 골목의 낡은 건물로 들어가 계단에서 사랑을 나누기도 했다. 화대를 받는 여자처럼 그에게 돈을 받았다. 그리고 그 돈으로 그에게 밥을 사주었다. 그는 아내가 벌어온 돈으로 밥을 사먹는 아픈 남편 시늉을 했다. 그리고 깔깔거리며 웃었다.

그가 섬에서 그린 풍경과 정물화들은 〈남국의 서사〉라는 제목으로 전시되고 있었다. 그가 바라보던 섬에서는 관광 산업으로 초가집이 헐리고 집들이 개량되었다. 그는 한라산의 계곡과 곶자왈의 덤불에 버려지고 불살라지는 초가의 부엌문과 마룻바닥의 문양과 결을 사랑했다. 시멘트로 대체되면서 버려지는 대들보와 서까래도 사랑했다. 그 결들을 이용해 섬의 바람을 표현했다. 월파 속에서 홀로 바람이 되어 사라지는 모래로 만든 여자들을 그렸다. 그 여자들은 신이자 인간이었다. 빈 소라껍데기 위에서 죽어간 해녀이자 할머니 그리고 토박이인 제주체이자 섬의 여자였다. 그가 바라본 섬의 여자들은 바람과 돌과 하나였다. 그리고 불이 되는 샤먼이었다. 신과 인간의 모습을 모두 가진 중간계 여신들이었다.

하지만 그녀를 그린 화화는 어디에도 없었다. 깔끔하고 정갈한 그의 이미지에 맞게 붉음과 파란 강렬한 색도 없었다. 샤먼을 표현한 불조차 분홍빛이었다. 민트와 핑크 그리고 아이보리 색들로 모던한 톤을 맞춘 듯했다. 그의 검정 수트와 검정 슬랙스 그리고 하얀 셔츠처럼 그림들은 흐트러짐 없이 정갈했다.

전시의 마지막 날 전시실에서 그의 결혼식이 열렸다. 일본식 예복을 입은 부부와 일본 복식들이 눈에 띄었다. 모리는 전시회를 마지막으로 일본으로 건너갈 예정이라고 했다. 모리의 장인은 양아버지가 되어 정식으로 그를 아들로 입적했다. 딸은 정신병으로 죽었지만 대신 아들을 얻은 셈이었다. 다른 남자에게서 얻은 딸이었지만 부의 상속을 위해서 어쩔 수 없었다. 오히려 임신한 여자와 결혼한 양아버지는 재산을 물려받는 기회를 잡은 셈이었다. 세계적인 화가가 되려면 배경과 돈이 필요했다. 재능이 없었던 양아버지는 점차 자신의 한계를 알게 되어 부유함에 매달리고 있었다. 하지만 모리를 처음 보는 순간 자신이 성취하지 못한 화가의 길을 모리가 대신 가주길 바랐다. 모리를 화가로 키우기로 마음먹고 화실에서 그림을 가르쳤다. 그리고 자신의 의붓딸과 자신의 핏줄인 모리를 결혼시켰다. 모리는 그의 말에 순순히 따라주었다. 모리의 어머니는 그와 같은 생각으로 모리를 보낸 것이었다. 모리가 그의 딸과 결혼하자 얼마 없어 모리의 어머니는 자살을 선택했다. 집 나간 남편이 성산일출봉의 조그만 동굴에서 주검으로 발견되자 딸들까지 모두 상군 해녀의 양녀로 보내버렸다. 어머니의 결단으로 모리는 완벽한 고아가 되어버렸다. 모리는 양아버지에게 모든 걸 의탁할 수밖에 없는 처지가 되었다. 모리는 언제나 그랬듯이 이번에도 일본인 아내를 들이는 일에 순순히 응했다.

양아버지는 영리한 모리가 좋았다. 양아버지가 된 그는 모리가 일본을 발판으로 더 큰 성장을 하도록 욕심내었다. 모리가 술과 코카인을 하거나 창녀들과 잠자리를 해도 상관하지 않았다. 그의 말을 잘 따랐으므로 개의치 않았다. 예술가란 응당 그러한 법이라는 듯.

제주체는 먼발치서 그림들과 인파에 섞여 그들을 지켜보았다. 두 사람의 눈길이 오가며 짙어졌지만 아무도 신경 쓰지 않았다. 그리고 그녀는 전시실을 빠져나와 곧장 비행기를 타고 섬으로 내려왔다. 비행기는 몇 번 흔들리다가 크리스마스 캐럴이 울리는 섬으로 사슴이 끄는 호박마차처럼 하강했다. 신데렐라는 이제 재투성이 옷으로 갈아입어야만 했다.

　　잠수함을 타고 깊이 숨고 싶은 바다
　　결혼이라는 말은 물에 있는 신기루 같아
　　멀미한다 비행기도 연착한 밤
　　인어 떼라도 쫓고 싶지만

　　늪개 낀 하늘은 숨길 수 없는 날개를 물 쪽으로 기울인다
　　쇄골 언저리에 보석으로 장식한 면사포 속의 얼굴을 보여
　준다
　　스튜디어스는 흑백사진의 어머니처럼 웃기만 한다
　　신부가 없는 결혼은 결혼이 아닌가요
　　내가 헝클어진 눈물을 흘리자 어머니는 웃음을 거두고

차갑게 나를 안는다 어둠이 펼쳐진 창공은 멈칫
노래를 부르던 지느러미를 자른다

바닷속으로 헤엄친 인어 떼의 물거품이 뭍으로 몰려올 때
비행기는 식장 근처 활주로에 미끄러진다
조금만 더 기다리면
내가 면사포를 쓰고 목 언저리에 예물보석을 두를 텐데

오늘은 나의 결혼
저기 내 인생을 거꾸로 돌리려는 사뿐한 걸음
하얀 웨딩드레스의 신부가 두 다리로 걸어온다

오늘 밤이 지나면 나는 신부가 아니다
결혼이란 입덧이 끝나면
남편으로 살아야 하는 나는

*

제주체는 두 번째 비행기를 탔다. 그의 유작 전시회가 열

리는 서울로 향했다. 30년 만의 날개를 달고 키다리 아저씨를 만나러 가고 있다. 마흔아홉 살인 그녀 앞으로 소포 하나가 배달되었기 때문이다. 가는 줄 목걸이에 매달린 열쇠와 비행기표 그리고 편지 한 장이 들어있었다. 리어카에서 산 커플 목걸이였다. 하나는 아직도 제주체가 간직하고 있었다.

"친애하는 화화에게

당신을 품에 넣고 다닌 지 30년이 흘렀군요. 나는 곧 일흔이 될 것이지만, 여전히 서른아홉의 나이에서 멈춰 있소. 당신이 시를 쓰는 시인이 되었다는 걸 알고 있었소. 참, 다행이오. 그래서 내내 당신 소식을 아는 것만으로 위안을 삼았소. 고국을 떠나 떠돌다가 이제야 고국으로 돌아왔소. 귀향은 했지만 남아있는 가족도 없고, 고향도 없으니 떠돌기는 매한가지요. 아직 당신이 살아 있으니 그것만으로도 감사할 따름이오. 이제는 당신을 한 번 만나 봐도 좋겠다는 생각이 들어요. 불꽃이 다 사그러진 늙은이가 되었지만 이젠 그래도 될 것 같소. 어쩌면, 내 마지막 불꽃이 될지도 모르는 만남이겠지만, 나를 한 번 만나러 와주시겠소? 전망이 좋았던 우리만의 방은 당신이 썼으면 하오. 다시 옥상 정원에서 함께 서녘을 바라보며 차를 마시면 좋겠소. 나는 수없이 늘 같은 꿈에서 당신을 기다렸소.

늘 당신 꿈을 꿨지만 깨어나야만 했소."

　제주체는 시를 쓰고 있었지만 여전히 제주에 살고 있었다. 자취방을 전전긍긍하며 혼자 살았다. 몇 번의 사랑은 그렇듯 실패로 끝났다. 그녀의 사랑은 늘 이별의 제물로 바쳐졌다. 그런 그녀에게 갑작스런 소포는 꿈에서 방금 깨어난 듯 아련했다. 고국 방문 기념으로 열리는 전시회 날짜를 보았다. 열흘이 남은 유월 초입이었다. 마흔아홉 살의 제주체는 가만히 한라산을 바라보며 미소를 지었다.

　그녀는 오월이 다 지나갈 무렵까지 달력만 바라보고 있었다. 그러다가 그의 갑작스런 부고를 들었다. 술과 코카인을 너무 많이 해오던 게 화근이라는 뉴스가 연일 떠들썩했지만, 그의 지병을 알고 있었던 화단에선 놀라는 기색이 없었다. 오히려 그림 값이 뛸 것을 예상했는지 사재기 조짐이 보인다는 보도가 섞였다. 그가 마지막으로 활약하던 곳에서 함께 온 여자는 차분하게 인터뷰에 응했다. 세 번째 부인인 프랑스 여자는 전시가 개최되는 동안 한국에서 한국식으로 장례식을 치르겠다고 발표했다.

　평생 풍경화와 정물화만 그리던 그가 추상과 나체여인을 그린 것은 논란거리로 급부상했다. 장례식을 치르면서 양아버지집의 수장고에서 발견된 그림들은 화화(花火)의 연작 시리즈로 이름들이 붙여져 있었다. 위작논란이 불거졌으나 그의 그림으로 밝혀졌다. 양아버지의 보수적인 지시로 인해 빛을 보지 못한 그림들과 그의 인생사가 전시회만큼 조명되었다.

그는 한국의 산수화와 수채화를 접목시킨 독특한 화풍을 가졌다. 한국의 옛 풍경과 근대의 모습을 한복천과 자개를 이용해서 그렸다. 한국 전통의 병풍, 밥상 등 정물을 그려서 세계에 호평받았다. 그래서인지 그의 그림은 한국의 여백과 점, 선의 범주를 벗어나지 못했다. 그를 택한 일본과 프랑스 화단은 그의 그림으로 부를 창출했다. 그의 그림은 곧 그들의 뮤즈가 되기에 이르렀다. 그녀와 섬이 모리에게 뮤즈가 되어준 것처럼. 그는 세계가 원하는 한국적인 그림을 그렸다. 결국 죽어서야 자신이 진정으로 원하던 그림들을 전시할 수 있었다. 〈한국의 미〉라는 고국 전시회와 함께 이례적으로 동시에 유작 그림들이 전시되었다. 프랑스 아내가 서둘러 떠나야 할 일정에 맞춘 것이었다. 〈화화〉라는 제목의 그림들은 날개 달린 듯 팔렸다.

*

　전시를 둘러본 제주체는 맨드라미 꽃 그림 앞에서 걸음을 멈췄다. 꽃 속에서 그물 스타킹과 빨간 구두를 신고 탱고 춤을 추는 무희는 샤먼 같아 보였다. 그가 유일하게 서울에서 그린 그림이었다. 제주체를 만나면서 그는 무희를 생각했고 샤먼을 떠올렸고 맨드라미에서 터져 나오는 까만 씨앗들을 생각했다. 씨앗들이 발화되면서 고래가 되었고 해녀들이 되었다. 그들은 곧 파란 물속에서 솟구쳐오를 것이다.

　제주체는 섬으로 내려오자마자 목욕탕을 찾았다. 여전히 변화가 없는 서문시장은 30년 전 그대로인 듯 보였다. 그녀의 목걸이에 걸린 열쇠는 자물쇠에 들어가지 않았다. 30년 전의 자물쇠가 아직 남아 있을 턱이 없었다. 그래서 그가 보내준 목걸이에 걸린 열쇠로 자물쇠를 열었다. 4층의 내부는 깔끔했다. 벽에는 벽화가 그대로였다. 시와 편지들이 그대로였다. 수십 마리의 반딧불이가 빛이 나는 꽃 속에는 불꽃털이 그대로였다. 함께 갔던 검은 밤의 오름, 별이 내린 바닷길, 빗소리를 듣던 낡은 골목들의 풍경이 그려져 있었다. 머리맡을 지나가는 행인들의 발자국과 빛살들. 용두암 밤바다에서 수영하던 제주체와 모리가 그대로 박제되어 있었다.

시절 인연

시절 인연

*

눈이 많이 내릴 줄 알았다면 아이를 유괴하지 않았다. 여희는 중산간에 갇혀 돌담을 뚫어져라 보는 동백꽃이 되어버렸다. 가로등 밑에서 어둠을 맞지 않아도 이미 아이를 돌려줘야겠다는 마음을 굳혔을 텐데. 방법 없이 낯선 마을에서 체인을 감는 버스 기사를 쓸모없는 시선으로 바라보며 아이를 재우고 있다. 버림받은 모자를 위해 눈이 내리는 것이라면 누워서라도 침을 뱉을 기세인지 동백꽃이 빨갛다.

스무 살의 연인에게 아이는 환영받을 일이 못 되었다. 여희는 해연의 손을 잡고 병원으로 따라 갔어야 했다. 아이가 끈이 아니라 인연을 자르는 가위가 되었다. 아직 세계를 모르는 연인의 아이는 종양처럼 제거되어야 했다. 해연의 말대로 사랑은 깔끔해야 했다. 스무 살엔 뭐든지 할 수 있다고 믿으며 견딘 고3 생활의 끝엔 무지개가 있다고 했다. 무지개 너머엔 학교에서 가르쳐주지 않는 세계가 있었다. 교과서 밖에선 윤리와 수학 따위가 필요 없었다. 다른 세계로 가기 위해 몸을 바꾸는 의식이 기다렸다. 아이를 낳아도 되는 성인이 아니냐고 묻자, 해연이 웃었다. 생명을 키운다는 건 특권이 아니라 부역이라며 그는 정색을 했다. 아이를 포기하기엔 꽉 채운 사 개월이었다.

아이를 낳으려는 여희를 해연은 말리지 못했다. 여자들이란 신의 다른 영역을 가진 이해 불가한 종족이었다. 아이는 칠월 초복에 태어났다. 아들이라는 말에 칠순 잔치를 치른 해연의 아버지가 찾아왔다. 아직 장가를 들지 않은 형이 눈을 부라렸다. 여희는 더웠다. 낯선 사람들이 찾아온 병원은 아이와 매미가 한차례 울었지만, 그저 더웠다.

아이를 낳자 해연의 많은 부분이 명확해졌다. 해연은 여희를 찾아오지 않았다. 해연을 찾아 여자가 왔을 뿐이었다. 고등학교 동창이라는 여자는 해연의 행방을 물었다. 아이를 낳자 낯선 사람들이 자주 찾아왔다. 사채를 쓰는 스무 살의 해연.

여희는 해연이 누구인지 헷갈렸다. 수능만 끝나면 제일 먼저 카페에서 아르바이트를 해보겠다는 여고생들과 주유소 아르바이트를 해보겠다는 남고생들. 교과서와 급식과 학원밖에 모르는 고등학교에서 스무 살이란 무지개를 기다리는 구름이었다. 해연은 탑동 바닷가에 있는 카페에서 만난 손님이었다. 프라다 향수를 뿌린 핏이 좋은 구릿빛 피부의 깔끔한 남자. 스물 중반이라고 해도 너무나 자연스러워 보이던 해연은 갓 스무 살이었다. 과수원집에서 자란 까맣고 사투리가 남아있는 여희에게 해연은 은은한 노란 등불을 켠 유자로 보였다. 해연이 여희를 신세계로 데리고 다니는 동안, 대학교에선 아직도 고등학생들 같은 남학생들뿐이었다. 스무 살인데도 변한 게 없는 남자애들은 컵라면과 삼각 김밥 따위를 먹고 피시방으로 몰려다녔다. 아이를 낳고서야 알았다. 해연이 여희와 같은 또래라는 걸.

여희는 집을 나왔다. 정확히 말하면 몸만 빠져나왔다. 읽다 만 책을 가만히 아이 옆에 내려 놓고 문을 열고 나왔다. 그리고 버스를 탔다. 버스가 시내를 순환하는 동안 여희는 물끄러미 차창 밖을 바라볼 뿐이었다. 환승을 하지 않고 내린 곳은 바다를 매립한 탑동 바닷가였다. 해연과 만나서 걸으며 맞던 오후의 햇살이 서쪽으로 기울고 있었다. 저물면서 피어나는 한두기 마을에서는 벌써 집게발이 들어간 고둥들처럼 낮은 지붕들 사이로 전등이 켜지고 있었다. 여희의 조그만 체구가 바닷물을 만드는 몸처럼 들썩였다. '인생의 고비는 결단의 연속이다.' 카페의 주인이 내뱉던 말이 생각났다. 결단을 내려야하는 고비가 무지개 너머에 있다는 말은 왜 하지 않았던 걸까. 스무 살 너머의 고비들을 모의고사와 수능에선 왜 출제되지 않았을까. 기출문제에도 없는 다른 세계의 일들처럼 삭제했을까. 졸업을 하고 나니 스무 살 너머의 교과서는 없었다. 거짓말을 하고 받은 교재비로 옷을 사고, 영화를 보러 다니던 것과는 다른 거짓말은 엄마에게 어떻게 둘러대나. 결혼을 하기도 전에 아이를 낳은 것부터 여희에게는 범죄가 되어버렸다. 해연은 여희의 부모에게 임신 사실을 알리지 않았다. 여희의 부모가 알게 된 것은 해연의 부모가 아이를 제 이름 밑으로 올리겠다며 통보했을 때 일이다. 아직 창창한 나이에 해연을 애 아빠로 만들 수 없다는 말과 함께 위자료를 주겠다고 했다. 딸 단속을 잘하라는 엄한 말까지 한 것을 여희는 모르고 있었다. 젖이 불어 가슴이 단단해지는 줄도 모르고 여희는 탑동바닷가에 앉아 울 듯 울지 않는 혼잣말을 해댔다. 바닷가에 어둠이 내리자 탑동은 상가들의 불빛으로 빛나기 시작했다. 어색한 화장과 똑같은 옷차림의 여대생들이 몰려다녔다. 봄학기를 다니고 가을학기부터 휴학을 한 여희는 일 년 사이에 가을이 찾아왔음을 알아차렸다. 일 년 동안 여희는 누구였을까.

*

귀로, 돌아갈 집이 없다. 모래바람이 불어서 집으로 가는 길이 지워져버렸다. 야간자율학습이 끝나면 통학버스에서 졸곤 했는데도, 집 앞에서는 신기하게 잠에서 깼다. 비몽에 걸어서 문을 열고 엄마를 부르던 집. 모래바람이 불어서 엄마의 집이 사라졌다. 여희는 과수원 앞에서 머뭇거렸다. 목이 따끔거려서 엄마를 부를 수 없었다.

"어버버, 어버버."

과수원집 딸이었던 여희의 기억이 단편적으로 끊겼다가 이어지는 동안 마을은 조용했다. 모두가 사라진 마을은 파도뿐인 바다가 되었다. 목젖이 모래사막에 묻혀버렸다. 여희가 모래에 묻혀 섬이 되는 동안 모두 어디로 사라진 걸까. 손과 발이 마음처럼 움직이지 않았다. 헛스윙을 하다가 무릎이 까졌다. 일으켜 세워주는 사람이 없다. 허공에 몸을 높이 들었다가 품에 넣고 달래주던 엄마가 없다. 아직 여희의 울음은 울음이 아니다. 매미가 죽은 채 귤나무에 붙어 있었다.

'살고 싶어. 엄마의 아이로.'

여희는 버스를 타고 서귀포로 향했다. 산남에는 따뜻한 포구가 있다. 돌담 밖을 환하게 밝히는 유자나무가 문득 보고 싶었다. 따끔거리던 목이 부었는지 속이 말랐다. 문득 그리고 맹렬히.

초등학교 때부터 남다른 독서력을 갖췄다고 칭찬을 받던 여희에게 남자와 사회 경험은 가족이 전부였다. 이혼 얘기를 달고 사는 엄마와 할아버지의 과수원을 물려받기까지 무능력하던 아빠 밑에서 살았다. 엄마가 이혼을 하자고 해야 겨우 여희를 알은체하던 아빠는 투명인간이었다. 제 방에 집게발을 담고 하루 종일 모니터만 바라보던 아빠와 집에 잘 들어오지 않던 오빠. 여희가 아는 세계에서 오랫동안 보아온 남자는 둘뿐이었다. 엄마는 울지 않았다. 일을 하고 일을 생각하고 일을 찾아다니느라 엉덩이가 바닥에 붙지 않았다. 엄마의 쪽지가 밥상에 있었고, 엄마의 편지가 엄마의 말을 대신했다. 엄마의 아빠는 교장선생님이셨다. 엄마는 학교 일과 잔업무를 했다.

출장이 잦았다. 월급 말고 수당을 더 벌어야 했다. 부장과 보충수업 연수로 방학이 더 바쁜 엄마였다. 여희가 대학에 진학할 때 마침 과수원을 물려주고 할아버지가 돌아가셨다. 할아버지의 죽음 덕분에 집안이 잠시 피어났다. 엄마는 인부를 고용하고 주말마다 과수원 일을 했다. 아빠는 여전히 꿈쩍도 하지 않았다. 아빠에게 죽음 따위나 세계가 변한다는 건 안중에 없었다. 아빠는 공채시험에 합격하고 면접이 있던 전날 밤, 마을 친구들과 어울려 술을 마시다가 살인사건에 연루되었다. 동네 선배가 여자친구와 말다툼을 하다가 칼로 여자친구의 배를 찌른 것이다. 술자리에서 갑자기 일어난 일이라 합석한 사람들이 모두 경찰서로 연행되었다. 석 달 동안 감옥에 갔다온 아빠는 직장을 갖지 못했다. 일찍 찾아온 허무가 무기력을 동반했다. 아빠는 직장을 갖지 않았다. 마을 유지의 아들이라 생활비는 부모가 대주기도 했다. 엄마는 결혼하고도 몇 해 동안 그간의 집안 사정을 몰랐다. 엄마는 대학을 다니는 동안 임용고시를 봤다. 졸업하던 해에 운이 좋게도 중학교로 발령을 받았다. 미팅을 하고 엠티를 가면서도 엄마는 남자를 알지 못했다. 중학교에 발령을 받고 이 년 차 되는 해에 집안의 중매로 결혼을 했다. 괜찮은 집안이라는 평을 듣고 결혼은 무탈 없이 진행되었다. 말수가 적고 순해 보이는 아빠의 모습에 엄마는 마음이 놓였다. 아빠에게는 그 모습뿐이었다. 오빠와 여희는 겨우 태어났다. 아빠와 엄마는 한방을 쓰지 않았다. 함께 걷지 않았다. 손을 잡지 않았다. 여희의 머리카락을 쓰다듬지 않았다. 오빠가 고3일 때 대학 같은 곳엔 가지 말라고 아빠가 불현듯 지나가는 말을 했다. 엄마의 악 소리에 아빠가 잠깐 놀라는 표정을 짓기도 했다. 그뿐이었다. 어쩌면 엄마의 악 소리는 아빠가 회복했을지 모를 목소리에 대한 놀람이었는지 모르겠다. 아빠의 목소리는 거기에서 끝났다.

"아바바, 아바바."

할아버지의 장례식에서 아빠는 짐승의 소리를 냈다.

오빠는 아빠의 기대에 부응해 일찌감치 등불 대신 그림자를 택했다. 엄마가 기대를 할 때마다 그림자가 되어 돌아왔다. 빛과 그림자.

'엄마처럼 살지 않을 거야.'

여희는 입 밖으로 낼 수 없는 목소리를 갖기 시작했다. 이중의 언어. 이방의 거리에서 듣는 목소리들이 여희의 입 안에서 고인 채 마음대로 흘러 다녔다. 엄마의 등불은 이제 여희였다. 여희뿐이었다. 풍전등화.

*

　해연은 사글세로 내몰린 자신의 처지를 아직 발견하지 못
했다. 찾아오는 친구들로 북적였고 함께 자위했다. 담배연기
가 아기에게 어떻게 되는지 관심 없다는 듯 게임에 열을 올리
며 살았다. 방 하나에서 친구들과 먹고 자고 살아도 나쁘지 않
았다. 친구들은 해연에게 재수 없는 사고라며 위로를 했다. 재
수 없지 뭐, 해연이 다시 돈을 뿌려줄 것을 믿어 의심치 않는
친구들은 여유로웠다. 해연의 친구로 있는 동안 늘 여유로웠
으니까 해연을 기다리기만 하면 되었다. 해연이 사라졌다가
나타날 때는 서울에서 사업 구상을 하고 왔다고 했다. 차를 몰
고 오는 날엔 실크 셔츠에서 프라다 향수 냄새가 났다. 해연의
부모가 일주일에 한 번씩 가져오는 반찬과 용돈으로는 생활비
가 턱없이 부족했다. 여희는 해연의 집으로 들어갈 수 없었다.
병원에서 아이와 나오고 나서 곧바로 옮겨진 곳은 허름한 빌
라였다. 형은 단호했다. 자신이 결혼하기 전에는 동생이 집에
들어와서 살림을 차리는 것을 허락하지 않았다.

　"애가 애를 낳아서 어쩌자고."

　해연과 해연의 어머니가 서로 삿대질을 하며 악다구니를 퍼
부었다. 해연은 후처로 들어간 어머니가 싫었다. 다찌의 아들.

다찌 생활에서 아이를 갖는 것은 팔자가 바뀌는 것이다. 다행히 해연은 늙은 졸부의 집에서 태어났다. 해연의 어머니는 곧바로 집안의 안주인이 되었다. 이복형제를 둔 어머니는 갓 스물이었다. 사랑과 연애가 동시에 재산 상속으로 이어진 어머니는 해연을 낳자 다찌 생활을 그만두었다. 어머니는 몰래 젊은 남자들을 만나러 나갈 때마다 해연을 데리고 갔다. 어머니가 없는 동안 이모들 집에서 하루 종일 비디오를 봤다. 이모들은 화투를 치거나 담배를 피웠다. 빨강, 반짝이 치마, 판타롱 스타킹, 루즈 냄새, 피묻은 생리대. 해연이 자라는 동안 여자란 이모들이 전부였다. 쉽게 악을 쓰거나 쉽게 몸을 만들어주는 이모들. 해연이 훌쩍 자랐는데도 어머니는 해연을 이모들이 사는 집에 데려갔다. 어머니의 몸은 쉽게 식지 않았고 들키지도 않았다. 오히려 대담하고 아름다운 아가씨가 되어갔다.

해연에게 여희도 이모들처럼 그렇게 쉬운 여자이길 바랐다. 여희도 어머니의 남자들처럼 깔끔하게 정리되어 바람같이 사라져주길 바랐다. 꽃이 지면 열매가 나고 더 많은 꽃이 생겨나는 어쩌고 저쩌고는 개뿔.

신경질적인 여자가 안경테 너머로 쏘아보며 소리를 질렀다. 해연이 여러 날 들어오지 않은 초여름이었다. 함께 찾아온 건장한 남자 둘은 신발을 신은 채 들어와 발끝에 걸리는 것마다 발길질을 해댔다. 처음에 찾아왔을 때는 행방만 묻고 사라졌다. 제 집처럼 찾아와 머물다 사라지는 친구들이 많아서 그런가 보다 했다. 이번엔 달랐다. 악다구니가 심했다. 해연의 어머니가 들어와 수습을 했다. 건장한 남자들이 돈을 갚지 않으면 가만두지 않을 거라고 했다. 여자의 안경테 밑에 조그만 까만 점이 있었다. 눈물점.

"여자가 잘못 들어와서 그런 거야."

해연의 형이 돈뭉치를 들고 찾아왔을 때 해연의 어머니와 여희는 아이만 쳐다보았다.

"네년놈들 몸값은 이것으로 끝이라구!"

형은 여희보다 어머니 쪽을 오래 쳐다보았다. 형이 부르르 떨던 손을 거두고 나갔을 때 해연은 웃었다. 피시식, 바람 빠지는 소리가 났다.

"그렇게 많은 돈을 어디에 다 쓴 거야. 저년 짓이야?"

해연의 어머니는 갓 마흔 살이지만 사춘기 소녀처럼 해연에게 대들었다. 해연은 여동생을 떼어내는 오빠처럼 피시식 웃었다. 저리 꺼져.

일주일의 용돈이 끊겼다. 기저귀와 분유값이 없다. 끊긴 것은 해연에게도 있다. 친구들이 찾아오지 않기 시작했다. 해연은 만화 카페와 게임방을 돌다가 이모 집들을 찾아다녔다. 형이 차단한 세계에서 돌아온 해연은 거지였다. 거지 같은 자식. 그리고 여희를 때리기 시작했다. 아이를 맡기고 식당일을 하던 날부터다. 밤 10시가 되어 들어온 여희의 몸에서 냄새를 맡으며 다른 사내의 몸에 대해 묻기 시작했다. 눈이 뒤집힌 해연.

아이가 울자 삐걱거리는 바람 소리가 났다. 문소리가 삐걱거렸다. 가슴뼈가 울자 문이 보였다. '저 아이는 나에게 뭘까, 나에게 스무 살은 뭘까.'

'오버 더 레인보우'를 배우며 오즈의 마법사를 찾아가던 여자애가 토토를 껴안고 노래를 부르던 장면이 떠올랐다. 토토, 그래 강아지가 문제였어. 사랑하는 것들은 항상 문제를 일으킨다고 여희는 잠깐 아이를 쳐다보았다. '저 문을 나가면 당장 고등학교를 찾아가 교과서를 불태울 거다. 해피엔딩의 로맨스 소설을 쓴 작가들의 멱살을 잡을 거고, 사랑이 들어간 노래를 부르는 가수들에게 침을 뱉을 거야. 저 무지개 너머로 간다면….' 해연의 손이 닿았던 것들도 모조리 불사를 기세로 여희는 일어섰다. 그리고 집을 나갔다.

*

대형마트에는 시계가 없다. 인터넷도 없어서 하루 종일 일을 해도 된다. 소비만 있는 인공낙원에선 열심히 일만 하면 되었다. 상품은 진열만 하면 곧 흐트러졌다. 모래성을 쌓으면 허물어버리는 파도를 닮았다. 여희는 속이 텅 빈 포말들이 모인 바다와 닮은 마트 안에 있으면 편안했다. 따뜻한 온풍과 조용한 음악이 흘러나왔고, 식사와 유니폼이 주어졌다. 비번일 때는 회사 제품의 판촉물들을 정리하는 대형 창고에서 일을 했다. 마트는 아이가 느꼈을 엄마 뱃속처럼 평온했다. 아이가 만든 집을 달고 살 때 여희는 최대한 편안하게 감정을 유지했다. 카페에서 일하면서도 커피를 마시지 않았다. 유자차와 멜론을 달고 살았고, 손님이 없어도 명상음악을 종일 틀었다. 친구들처럼 다이어트를 한답시고 굶거나 감자만 먹는 따위는 하지 않았다. 카페에서 번 돈을 모조리 맛집을 찾아다니며 먹는 데 썼다. 여희가 어릴 때 엄마가 그랬다. 여자는 아이를 가지면 그래야 한다고. 여희가 뱃속에 있을 때 엄마도 그랬다. 그래서 지나고 보니 엄마에겐 그 시간이 참 행복한 시절이었다고. 태풍이 몰아치고 번개가 내리쳐도 아이를 품속에 가진 엄마는 온실을 만들어야 한다고 했다. 아빠와 함께 잠을 잘 수 없었던 엄마는 여희를 재울 때마다 같은 말을 되풀이하곤 했다.

"세상 밖의 일은 세상 밖의 일로 무관하게 아이를 뱃속에서 키워내는 거야. 생명을 만드는 엄마는 우주니까 창조주가 그래야 하는 거지."

여희가 엄마의 무릎에 머리를 올려놓고 있을 때 아빠와 오빠는 세상 밖에 있었다. 각자의 세계.

엄마는 여희에게 여자들만의 이야기를 들려주곤 했다.

제주에는 여신들의 이야기가 많아. 특히 너는 가믄장이가 되거라. 사랑에 눈이 먼 자청비보단 가믄장이가 나아. 가믄장이라는 여자애가 있었어. 찢어지게 가난한 거지부부의 세 딸 중에서 막내로 태어났지. 찢어지게 가난한 거지부부는 가믄장이가 태어나자 큰 부자가 되었어. 큰 부자가 된 부부는 세 명의 딸에게 효성을 시험하는 퀴즈를 낸 거야. "너희는 누구의 덕으로 사는 거냐?"라고 말이야. 첫째와 둘째 언니는 부모님 덕분에 산다고 냉큼 대답을 한 거야. 착한 막내 가믄장이도 그러겠지 싶었는데. 글쎄, "부모님 덕도 있지만 내 배꼽 밑에 선 그릇 덕에 잘 삽니다." 그런 거라. 에고 이런 헛똑똑이.

부모는 가믄장이를 당장 쫓아냈겠지. 집에서 쫓겨난 가믄장이는 마를 파는 마퉁이 삼형제를 만나게 되었지. 그중 마음씨 착한 막내와 결혼을 하게 되고 마을 파던 구덩이에서 금덩이를 발견하게 된단다. 가믄장이는 큰 부자가 되어서 거지 잔치를 열어. 그리고 봉사가 되어서 거지꼴로 돌아다니는 부모를 만나게 되지. 그래 맞아, 심청전처럼 부모는 눈을 뜨게 된단다.

부모의 덕분으로 태어났어도 자신의 삶은 자신이 바꿀 수 있는 지혜로운 여자가 되라고 엄마는 말하곤 했다. 여희가 보기엔 엄마는 가믄장이 아니었다. 아직 끝나지 않은 시절을 살고 있었다. 부모가 장님이 되어버린 삶 속에서 배꼽 밑의 선 그믓 삶으로 가려면 무지개를 넘어가야 했다. 스무 살. 여희에게는 스무 살이 이 집을 나갈 수 있는 배꼽 밑의 선이었다. 선 안에는 아이의 집이 숨어 있었다. 비밀이 많은 과수원에는 유자들이 햇살처럼 빛났다. 삼나무를 방풍림으로 심던 마을에서 여희는 애기동백꽃을 심은 집에서 태어났다. 여희가 첫 생리를 했을 때 홑겹의 애기동백꽃이 눈이 덮인 올레에 뚝, 하고 떨어졌다.

여희가 대형마트의 일을 그만둔 것은 통장에 돈이 꽤 모였기 때문이기도 했다. 하지만 해연의 목소리가 등 뒤로 들리던 날이었다. 쿵, 하고 붉은 심장이 떨어졌다. 가까스로 정신을 차리고 진열대 뒤로 숨었다. 해연은 여자와 아이가 붙잡고 있던 카트 안으로 생리대를 넣고 있었다. 안경테 밑으로 까만 점이 있는 여자.

*

"인정 하영 걸지 말라."

엄마가 여희에게 말했다. 실패가 두려워 아빠의 발목을 잡고 있는 엄마의 세계는 더 이상 여희의 세계가 아니었다. 신경질적인 여자에게 아이를 떼어내려고 무작정 아이를 안고 나오던 날, 해연의 부모는 유괴범으로 그녀를 지목했다. 경찰서에서 여희는 아이를 낳았어도 엄마가 될 수 없다는 걸 알게 되었다.

비양도의 잠덧에 그림자가 사라진 바다.

어차피 사랑의 수명은 이별의 것이다. 인간의 삶이 죽음의 것이라면. 아이는 사랑이 아니었음 하고 바랐다. 이별의 제단에 바쳐지는 제물이 아니길 바랐다. 인연의 시절이 바뀌니까 하늘이 달라보였다. 처서가 지나니 바람이 바뀌고 물길이 바뀌고 있었다. 여희는 애써 마음을 붙잡고 있었다.

그래서 닥치는 대로 일을 하고 야간 대학에 들어갔는지도 모른다. 대형마트에서 바라본 아이는 제 엄마가 누구든 상관없다는 듯 잘 자라고 있었다. 남자는 여자 하기 나름이라는 듯 해연은 여자와 함께 웃고 있었다. 여희는 끼어들 수 없다는 듯 그들만으로 꽉 차 있었다.

불현듯 그 장면이 떠오를 때마다 여희는 마음을 다지고 다시 세웠지만, 제자리걸음인 자신에게 화가 나기도 했다. 이러지도 저러지도 못하는 상태가 지속되기도 했다.

*

깊은 수면.

여희는 비양도가 보이는 방에서 깊은 잠을 자고 일어났다. 새벽 4시였다. 한여름의 잠은 옅고 짧았다. 뒤척임의 열대야가 싫어서 치맥으로 밤과 싸우자는 문자들이 저녁마다 집어등처럼 유혹해 왔다. 잠을 이루지 못하는 사람들과 달리 여희는 일찍부터 누워 깊고 오랜 잠을 자왔다. 그런데도 그 사람의 문자는 깊숙한 심해로 들어간 여희를 찾아 헤매는 야광찌와 같았다. 천천히 오래 만난 그는 여름의 새벽처럼 밝았다.

여희는 다시 한번 문자를 들여다보았다. 꿈결도 헛꿈도 아니었다. 돌고 돌아서 온 어둠 속에서 빛을 내는 해우의 문자가 보였다. 해우와는 사랑 말고 좀 더 다른 관계로 오래 만나고 싶었다. 해우는 여희의 앞에서 섬처럼 흐르다가 굳어지고 있었다. 해우와는 동백꽃이 피는 계절에 만나지 않았다. 붉은 꽃이 떨어질 일이 없는 한여름, 매미가 시끄럽게 울어댔다. 긴 여름 짧은 매미가 태풍이 지나간 자리에서 울고 있을 때 해우가 성큼성큼 다가와서 귤나무에 붙은 매미를 잡아주었다. 시끄럽게 울어대는 매미와 꽃이 떨어져 향기만 남은 자리마다 열매가 맺히고 굵어졌다.

무지개가 두 겹으로 떠 있는 중산간의 오름을 쳐다보던 여희가 전화를 걸었다. 협재 해수욕장에서 불어오는 바닷바람은 따듯했고 피아노로 치는 재즈풍의 'One Summer Night'이 흘러나왔다. 다시 인연을 만들어도 될까……. 신호음이 길어지는 동안 여희는 노래를 따라 흥얼거리고 있었다.

푸른 새벽을 지나온 햇살

푸른 새벽을 지나온 햇살

섬의 밤

비행기가 고도를 낮추며 구부정한 돌담의 등허리에 바싹 다가갔다. 하얀 포말이 갈퀴처럼 붙어있는 섬은 날아다니는 흑룡 같았다. 전과 같은 모습으로 섬은 꿈틀대며 바다 위를 떠다니고 있다. 활주로가 보이는 바닷가 마을엔 초록색 이정표들이 검은 갯바위 가까이 붙어있다. '섬 5km'.

"우리의 낙원에 도착했어."

"환상의 섬이 맞는 것 같아, 바다 색 좀 봐."

옆 좌석에 앉아서 머리를 포개어 자던 커플이 창문 쪽으로 머리를 모았다. 결혼식을 금방 마치고 온 신혼부부인 듯 커플

링이 반짝였다. 신부의 사자머리와 실핀들이 짙은 화장만큼 불편해 보였지만 사극에 나오는 가채를 쓴 조선 시대 왕비처럼 웃음을 띠었다. 착륙사인이 떨어지자 안전벨트를 풀었다. 커플은 각자 핸드폰을 만지작거리며 급한 듯 문자들을 보내고 밴드와 동영상 검색을 했다. 비행기 안의 좌석은 한산했다. 저가 항공이 늘어서 그럴 수도 있지만 목요일은 평일이다. 평일 낮에 섬으로 오는 커플은 극히 드물다. 목요일에 결혼식을 올리는 커플은 낯설다. 주말엔 호텔과 렌트카 요금이 평일에 비해 비싸다. 비행기 좌석표도 비싸다. 그렇다고 평일에 결혼을 한 것은 아닐 텐데. 젊은 나이에 결혼을 한 걸 보니 하객에게 한밑천 받아야 할 만큼의 부모를 둔 것 같지 않다. 하긴 신혼 여행을 섬으로 오는 걸 보니 아직도 순수한 커플이구나 싶다.

"섬에서는 산에 올라가 돌을 던지면 바다로 풍덩하고 빠진다던대. 우리도 그거 실험해보자. 아빠들은 과수원을 다 갖고 있고 엄마들은 모두 해녀라는데."

"섬의 사람들도 문화생활을 할까? 바다 빼고는 볼 게 없을 텐데 젊은 사람들은 그거 싫어하잖아. 다들 원시인처럼 사는 거 아냐?"

순수한 커플이 아니라 무지한 커플이다. 연은 섬의 사람들이 구석기 시대의 인간들처럼 살면서 관광객들에게 서비스를 하며 생활한다고 생각한 적이 있다. 외국의 부호들에게 절반 이상의 땅을 팔아서 소작으로 연명하는 섬의 사람들.

연은 섬이 가진 문명이 무엇인지 알고 있다. 그것은 홀림이다. 안개처럼 작정하고 사람들을 꼬시는 섬의 늪이라고 할까. 사람들은 섬에 오면 홀린다. 무엇에 홀리는 줄도 모르고 술을 마셔댄다. 환장할 만큼 마시고 나면 환상에 기억을 빼앗긴다. 섬에 해무가 잔뜩 끼면 은닉하기 좋은 공간이 된다. 아무도 자신을 알아보지 못하는 공간, 익명이 보장되어 이방인들을 현지인들과 섞어놓는다. 관광지이면서 사이버공간 같은 익명성과 은닉은 시간을 잃게 만든다. 섬에 살았던 기억을 가진 듯 편안해진다. 어제가 오늘 같고, 내일도 오늘 같은 영원성이 조급함을 없애준다. 섬은 저녁부터 새벽까지 깜깜하다. 섬사람들은 저물녘부터 불을 끄고 잠을 잔다. 새벽부터 일어나 일을 하러 나가면 섬은 텅텅 빈다. 섬에는 관광객들만 남고 섬사람들은 어디론가 사라졌다가 나타난다. 반짝이던 불빛과 불꽃놀이로 불을 밝히던 서커스공연이 끝나면 공연장에는 우리 안에 갇힌 동물들만 남는 것처럼 이방인들만 남아있다. 하지만 공연은 내일도 어제처럼 시작될 것이다. 그러니 불꽃놀이를 본 사람들은 새벽이 올 때까지 술을 마실 수 있다. 불은 밤하늘 허공에서 꽃으로 피어났다. 무지개빛 꽃으로 밤을 밝혔다. 돈을 내고 본 관광객들이나 그냥 하늘을 쳐다본 현지인들이나 섬에선 모두 불꽃놀이를 볼 수 있다. 불꽃놀이를 잊을 수 없는 사람들은 새벽까지 술을 마시며 서커스에 대해 이야기를 나눈다. 지평선에서부터 귀향하는 집어등 떼와 바람이 귀싸대기를 때리지 않으면 도통 일어설 기미가 보이지 않는 술자리는 국숫집에서 마무리가 된다. 이방인들의 거리와 국숫집. 투박한 사투리와 굿이 남아 있는 섬은 북쪽의 나라처럼 신비롭다. 밤의 불꽃에 홀린 사람들은 섬의 다섯 딸들이 들려주는 이야기에 끌려 몇 군데 술집을 돌고 나서야 집으로 돌아간다. 취기가 오른 빨간 눈으로 신호등을 밝히고, 하얀 와이셔츠로 갈아입는다. 취한 채 운전대를 잡고 빙글빙글 그저 빙글빙글 섬을 돈다. 회전목마를 탄 사람들은 시간의 톱니바퀴가 된다. 섬을 나가기 전까지 고무대야 속의 미꾸라지들처럼 꼬리를 물며 빙빙 돈다. 이방인들은 빙빙 돌다가 섬 밖으로 버려지기도 한다. 유배를 왔다가 다른 곳으로 유배되기도 한다. 왜 버려지는 줄도 모르고 섬의 사람들은 이유를 말해주지 않는다. 모두가 침묵한 채 어느 날, 바다로 이방인을 버리고 만다. 섬 안의 사람들은 대부분이 친척들이다. 사돈에 팔촌이니 함부로 싸워서는 안 된다. 싸워도 섬 안에서 살아야 하니까 그렇다. 적당한 핑계를 대고 잠수를 탈 수 없다. 섬 사람들의 관계 맺기란 끊임없는 대소사와 만남의 연속이다. 싸워도 한솥밥을 먹어야 하고, 학살이 일어났어도 밀고자의 자식과 혼인을 시켜야 하는 사돈지간이 되기도 한다. 이방인들은 섬이 바람을 타기 때문이라고 단정 짓기도 한다. 섬에선 시간과 공간을 뒤죽박죽 만들어버려서 기억을 편집하는 해무가 있다.

비행기의 덜그덕거림이 시작되었다. 착륙할 때마다 비포장도로를 운전하는 듯한 덜그덕거림. 음계가 있는 피아노를 연상한다. 착륙할 때면 건반의 음을 연상하며 견디곤 한다. 파도에 몸을 맡기며 바다에 떠있을 때 바다는 높은 파도를 쉽게 넘을 수 있게 해준다. 몸을 풀고 파도에 몸을 맡기면 되었듯이 비행기 안에서도 그랬다. 갑자기 몸의 균형을 잃었다. 흔들림이 더 심해진 걸 느끼자 피로감이 몰려왔다.

연은 미숙아였다. 예정일보다 일찍 세상에 나온 팔삭둥이. 아버지의 외도로 자꾸 배가 아프던 어머니는 연을 만삭까지 품을 수 없는 지경에 이르렀다. 밥을 먹지 않아서 변이 나오지 않던 어머니는 화장실에서 양수가 터졌다. 지방에서 올라온 연의 어머니는 여고 때 손목을 그은 적이 있다. 남녀공학이었는데 여자애들이 더 무서웠다. 사투리가 심하다고 놀렸고, 몸

에서 생선 비린내가 난다고 등 위에서 면도날로 교복을 찢는
일도 있었다. 머리가 아프다고 말했지만 집안 어른들은 두통
약만 사다주었다. 혼자 끙끙 앓다가 말라갔다. 교육열이 강한
할머니는 자신의 꿈을 이루어주길 바랐다. 외동인 딸은 환각
에 사로잡혀 자꾸 헛것과 이야기를 나누곤 했다. 그러다가 학
교 옥상에서 벌거벗은 채 손목이 그어졌다. 손목을 그었다는
헛것은 사라지고 연의 어머니는 병원에 실려 갔다. 그리고 도
로 지방으로 전학을 갔다. 섬 밖에 나가면 섬의 귓것들이 따라
붙어서 미치거나 팔자가 세어진다고 했다. 태손땅. 탯줄을 땅
에 묻지 않고 바다에 나가 불로 사른 땅이라 했다. 섬에서 태
어난 여자들은 섬을 떠나서 살 수 없다고 고향에서 수군거렸
다. 연의 어머니는 여고를 졸업하고 학교 선생님과 결혼을 했
다. 연을 낳자마자 일본으로 떠났다고 했다. 아버지는 같은 학
교의 여교사와 재혼을 했다. 그리고 연의 밑으로 여동생 하나
를 낳았다. 아버지는 교장 선생님이 되었다. 연과 새어머니의
나이 차이는 얼마 나지 않았다.

사람은 다른 동물에 비해 뇌가 너무 늦게 발달한 탓에 엄마
뱃속에서 9개월이 아니라 20개월은 있어야 한다. 머리가 엄마
의 자궁을 통과할 수 있을 때 태어나는 까닭에 입 안에 젖꼭지
를 넣어줘야 젖을 빨 수 있다. 최소한의 생존능력만을 지닌 채

태어나는 게 사람이다. 들을 수는 있지만 특정 소리를 구별하는 것은 생후 한 달 정도 지나야 가능하고 3개월이 지나면 제대로 초점을 맞춰 물체를 볼 수 있다. 색깔을 구분하는 것은 6개월에서 1년 정도가 지나야 한다. 아주 어린 아기들은 다들 색맹이기 때문에 미각과 후각만 발달한 상태에서 태어난다. 비행기 안에 비치된 책자 속에서 과학 상식을 읽은 연은 자신의 결핍에 대해 생각했다. 사람들 속에서 같은 결핍의 냄새를 맡는 습성.

이호의 숙소로 향하는 택시를 탔다. 창문을 열자 보리 익는 냄새가 났다. 산딸기가 곧 빨갛게 익겠구나. 그녀는 산딸기 모양의 크리스탈 귀걸이를 했었다. 귀걸이 한쪽을 잘 잃어버리던 그녀. 연에게 한쪽의 귀걸이가 있다. 그녀가 숙소에서 잃어버린 귀걸이. 치렁치렁한 머리카락을 자르고 와서 밤새 울면서 술주정을 하던 날, 연은 비행기를 타고 섬을 떠나왔다. 밤하늘에 퍼지던 불꽃에 매달려 섬 밖으로 튕겨졌다.

공항과 바로 인접한 이호바닷가는 안개가 잘 끼는 다호 마을을 지나 해태동산과 노형, 도두 입구까지 빙빙 도는 버스를 타야 갈 수 있다. 공항에서 바다로 난 북쪽에 도로를 내면 될 것을 사서 고생하게 했다. 패철을 든 풍수가의 입김 때문이겠지. 최첨단 비행기를 만들면서도 고수하는 풍수지리설. 연은 번거롭게 시내를 관통하면서 빙빙 도는 버스 대신 택시를 탔다. 연이 쓴웃음을 지었다. 택시기사가 연이 웃는 모습을 힐끗 쳐다보았다.

"육지 사람이지요? 렌트를 하실 거면 제 연락처를 드릴까요?"

육지 사람. 섬에 왔다는 걸 실감하게 하는 구분 짓기. 연은 섬에 내려올 적마다 육지 사람인지 섬의 토박인지를 묻는 의식을 치렀다. 양다리는 믿을 수 없다는 사람들 속에서 연은 항상 양다리를 걸쳤다. 그러다가 연을 끝까지 놓지 않고 애정을 갖는 손에 이끌려 한 쪽에 남았다.

"섬에서 5년을 살안마씸. 속읍써예."

연은 택시에서 내렸다. 택시기사는 같은 언어를 사용하는 연에게 동전을 받지 않고 거스름돈을 내주었다. 섬사람들은 외계 수준의 지방언어를 사용하면서도 표준어를 사용한다. 연이 처음 섬에서 만난 사람들이 그랬다. 연에게는 정중하게 표준어로 말하다가 돌아서서 자신들은 괴상망측한 말을 했다. 저들의 말은 비렸다. 다툼을 하듯 투박했다. 고음의 단답형 대화가 몹시 위협적으로 느껴졌다. 5년을 살다 보니 대충 쉬운 사투리는 알아들을 수 있게 되었다.

"속읍써. → 고생하세요."

연은 표준어를 능청스럽게 구사하는 섬사람들의 완벽함을
헝클어뜨리고 싶은 충동을 느꼈다. 어머니는 한 번도 사투리
를 써본 적이 없었다.

"보고 싶어."

연서는 가끔씩 문자를 보내왔다. 연은 녹음을 끝내고 나서
담배를 피울 때 연서의 문자를 읽곤 했다. 답을 한 적은 없다.
지운 적도 없다. 연서의 문자는 쌓여갔다. 짧은 몇 마디에 긴
내용이 담긴 문자. 그녀는 오후 4시에 문자를 보내오는 편이
었다. 중력을 못 견디는 시간이라 했다. 연을 보고 싶어 하는
게 아니라 오후의 중력을 떨쳐버리려고 '구해줘.'라고 신호를
보내는 듯했다. '속읍써'가 '계속 일하세요, 수고하세요.'라는
뜻인 것처럼.

섬를 떠나올 때 연은 연서를 버렸다. 모든 것을 정리하고
왔으니까 연서도 잊을 수 있다고 생각했다. 연서는 문자를 계
속 보내왔다. 유리병 속의 편지처럼 바다 위를 표류하는 편지
는 시간과 장소가 정해져 있지 않았다. 연은 손가락으로 썼다
지웠다를 반복하다가 지웠다. 보지 않은 문자를 쌓아두기도
했다. 삭제와 차단을 한 적도 있었다. 그녀를 잊어야 한다고

날을 세우기도 했다.

　그렇지 못했다. 연서는 연을 끌어당기며 거리에 서 있었다. 그녀를 생각하면서 동시에 이호 밤바다에서 보았던 등대를 떠올렸다. 등대의 불빛은 거친 그녀의 입에서 승승장구하며 솟아올랐다. 자신을 위로할 때와는 다른 거친 중독성이 그녀의 혀 속에서 생성되는 듯했다. 연서의 길어진 혓바닥이 연을 감아서 조이는 밤이면 몸에서 터져 나오는 소리 진동으로 잠을 잘 수가 없었다. 퇴화된 세포까지 모두 살아나서 바다로 뛰어들 기세로 뒤척이다 진이 빠지면 연은 잠이 들었다. 연서는 연의 귀 가까이 섬의 딸들에 관한 이야기를 들려주곤 했다. 이야기가 끝나면 아침이 되었다. 불면증의 연은 그제서야 잠이 들었다. 연서는 두꺼운 커튼을 치고는 햇살의 비늘로 갈아입으며 방을 나갔다. 날마다 탄탄해지고 젊어지는 연서와 눈 밑이 푸르러지던 연. 연의 두 겨드랑이 밑이 파래졌다.

　섬의 다섯 딸

　섬의 다섯 딸 이야기를 해줄까. 섬은 다섯 딸을 낳았지. 아들도 낳았지만, 아들들은 허깨비였어. 섬에서 남자로 태어나면 그냥 허깨비처럼 살다가 죽는 거야. 물거품처럼 사라지지. 섬은 남자아이들에게 관심이 없었어. 오직 다섯 딸을 사랑했지. 첫째 딸은 지혜로웠어. 거지 부부의 딸로 태어나서 부모를 부자로 만들어주었지. 그리고는 마퉁이 남자를 만나서 부자로 만들어줘. 오로지 자신의 힘으로 말이야. 그래서 섬의 부모들은 첫째 딸과 같은 여자를 만나면 복권에 당첨되었다고들 하지. 둘째 딸은 부잣집의 외동딸로 태어났어. 마을 밖을 나가보지 못한 둘째 딸이 몸종을 따라 주천강가에 간 적이 있어. 때마침 마을을 지나가던 이방의 남자를 만나게 된 거야. 적극적이고 당찬 둘째 딸은 부모를 졸라서 이방의 남자와 함께 유학을 가게 되지. 남장여자가 되어서 말이야. 3년을 공부하면서 줄곧 1등을 했어. 이방의 남자를 제치고. 3년을 기숙사에서 함께 살면서 여자인 줄도 모르는 이방의 남자를 바라보면서 말이야. 3년 공부를 마치자마자 이방의 남자는 부모가 정해준 신붓감을 만나러 집으로 돌아간다는 거야. 둘째 딸은 주천강가에서 목욕이나 하고 헤어지자고 했지. 연서를 쓴 나뭇잎을 띄우며 목욕을 하고 사랑을 나누게 되지. 그리곤 남자는 부모님께로 떠나지. 얼레빗 반쪽을 주고 말이야. 기다려도 남자의 소식은 들리지 않아 가슴 조이던 둘째 딸에게 머슴이 달려들었어. 그러자 둘째 딸이 머슴을 죽여버려. 둘째 딸의 부모는 딸에게 화를 내고 쫓아내버렸어. 집안의 일을 도맡아 해주는 일꾼을 죽였다고 말이야. 둘째 딸은 이방의 남자를 찾아 떠돌았지. 그러다가 서천꽃밭에 사는 할머니의 수양딸이 되었어. 할머니는 옷을 지었지. 할머니의 집에서 옷감을 짜고 옷을 만드는 일을 배운 둘째 딸에게 이방의 남자가 혼례를 치른다는 소식이 들렸어. 남자의 혼례복을 만들면서 옷감 안에다가 연서를 썼지. 자신을 찾으러 와달라는 연서를. 이방의 남자가 혼례복에 쓰인 편지를 읽고 당장 서천꽃밭으로 달려왔어. 그런데 그동안 자신을 찾지 않은 남자에게 심술이 나기도 하고 쑥스럽기도 해서 둘째 딸은 방문을 열어주지 않았어. 몸이 단 남자의 가슴을 바늘로 콕 찌르기도 했어. 마음이 상한 남자는 화를 내며 돌아가버렸지. 할머니는 둘째 딸을 내쫓았어. 기회를 주었는데도 제 남자로 못 만드는 어리석은 여자라고 내쫓았지. 둘째 딸은 서천꽃밭에서 생명을 살리는 꽃을 따다가 머슴을 살려냈어. 그리고 고향집으로 함께 갔지. 부모는 다시 딸을 내쫓았어. 사람을 죽였다가 살려내는 요망한 계집이라고 하면서. 둘째 딸은 이방의 거리로 갔지. 그리고 그 남자를 만나. 남자는 둘째 딸을 방에 숨겨놓고 살았어. 부모가 결혼을 허락해줄 때까지. 그래서 이방의 문젯거리를 해결해주는 대가로 둘은 결혼을 하게 돼. 그런데 둘째 딸의 미모와 지혜를

탐내던 남자의 친구들이 남자를 죽여버린 거야. 둘째 딸은 서천꽃밭으로 가서 생명을 살리는 꽃을 따고 와서는 남자를 살려내지. 그런데 꽃을 딸 때 문제가 발생했어. 둘째 딸이 남장을 하고 가서 꽃을 따는 동안 그곳의 여자와 혼인 약속을 해. 꽃을 따게 해준 여자니까 무시할 수가 없어서 이방의 남자에게 부탁을 하지. 보름씩만 그녀 집과 자신의 집에서 번갈아 가며 살아달라고. 이방의 남자는 두 여자와 살게 되지. 둘째 딸은 고향으로 내려와 살면서 신당에 남아 있어. 사랑의 여신이라는 당신.

셋째 딸은 남자와 이혼하고는 혼자 아이들을 키워. 억척으로 그리고 대장부가 되어서 많은 일을 관장하는 오너가 되었어. 남자들을 부리는 여장부가 되었지. 넷째 딸은 아이바라기야. 남편은 결혼을 하자마자 멀리 떠나버려. 함께 못 사는 운명이었지. 넷째 딸은 아이를 위해서 죽도록 일만 해. 자신은 하나도 갖지 못하고 다 퍼주다가 죽게 되지. 아이는 크고 나자 아버지를 찾아가서 살게 되지. 다섯째는 여분으로 있는 딸이야.

물의 생활이 견딜 수 있을 즈음 청첩장이 왔다. 섬에 살 때 만났던 해경 형의 결혼 소식이었다. 연과 작곡 연습을 하던 해경 형은 밤에 일어나 기타를 쳤고 새벽에 쓰러져 잤다. 지하

카페에 살면서 기타를 쳤다. 사람을 만나러 나가는 걸 보지 못했다. 그의 소식이 궁금한 사람들이 지하 계단을 타고 내려왔다. 그들이 가져온 컵라면 박스를 벽면에 쌓아놓았다. 지상에 있는 화장실까지 올라가는 계단엔 술병들이 화분 대신 놓여 있었다. 담배꽁초가 눌리고 눌린 채 담긴 유리병엔 고추장이란 글자가 곰팡이에 가려 푸른 고추를 연상하게 했다. 햇빛을 본 적이 없는 지하도에서 만난 사람들처럼 청회색 얼굴을 하고 있던 해경 형. 살이 몹시 찐 재즈 싱어와 헤어졌다가 다시 만난 모양이다. 늦은 나이에 연애를 하더니 결혼을 서두른 듯했다. '결혼은 아무것도 모를 때 하는 거다.' 연에게 노래는 집어치우고 연애나 하라던 해경 형의 결혼 소식이다. 사귀는 동안 만남과 헤어짐을 농담하듯 했다. 그 속에서 형은 연에게 실컷 자신의 상태를 위로하고 슬퍼하다 비난했다. 그리고 연과 기타를 쳤다. 형만큼 외롭고 웃긴 연은 무기력해져서 바다 밑으로 잠기곤 했다. 연의 감정과 욕망은 사계절 속에서 줄곧 우기였다. 끝까지 달아나도 고무줄 끝에 매달린 추처럼 다시 제자리로 돌아오는 섬에서 연의 청춘은 김이 빠졌다. 신선한 감각들을 꺼내어 창작곡을 만들어봐도 들어주는 이가 없었다. 궨당들과 집안의 연줄이 없으면 줄타기도 힘들었다. 섬의 사람들은 주고받는 게 확실했다. 받을 게 없는 사람에겐 기회조

차 주지 않았다. 연은 밤새 기타를 치다가 형이 잠들면 거리로 나왔다. 새벽의 거리엔 해무가 몰려왔다. 고온 다습한 기후가 계속되면 새벽에도 술에 취한 사람들의 싸움이 잦았다. 술병을 치우지도 않고 파라솔 아래 앉아서 술을 마시는 여자들은 연이 지나가도 쳐다보지 않았다. 여자들의 생활력이 강한 섬에서 남자들은 걸리적거렸다. '저리 안 꺼져.' 여자들은 힐끗 쳐다보는 연에게 쓰윽 눈빛으로 한마디씩 뱉었다. 연의 몸에서 곰팡내가 났다.

연은 섬을 떠난 후에 몇 번이나 섬에 다녀갔다. 악선재를 운영하던 해경 형의 결혼식을 듣고 다니러 갔다가 새로운 곡이 떠올라 작곡했다. 반응이 몹시 좋았다. 그 후로는 작곡이 잘 되지 않을 때와 무대에서 실수를 하거나 비평가들의 악평이 실린 글을 봤을 때 섬으로 갔다. 무언가가 연을 새로운 몸으로 태어나게 했다. 마치 신당에 좌정한 신의 손을 빌리러 가듯 몰래 섬에 스며들곤 했다. 연은 항상 이호의 빨간 말과 하얀 말 모양의 등대가 보이는 숙소를 잡았다. 학교 선생님을 하다가 퇴임을 했을 법한 늙은 남자 주인은 연을 알은체했다. '비치하우스'라는 이름이 마음에 들었다. 바닷가가 보이는 집에 살아보고 싶어서 퇴직금으로 모텔을 지었을까. 연은 작은 문으로 열쇠를 받을 적마다 주인의 얼굴을 힐끗거렸다. 새로운 편곡과 공연 아이템이 필요해 섬에 갈 때마다 새로운 것들이 떠오르는 것은 아니었다. 오히려 숙소에 틀어박혀 있는 상태가 되었다. 하얀 시트가 깔린 침대방에서 알몸을 하고 커피를 마시거나 담배를 피우며 뒹굴거렸다. 연이 깨어있을 때는 이호의 밤바다가 편편한 물살을 보여주며 웃고 있었다. 연은 막다른 골목에서 집을 찾는 악몽을 꾸며 자신을 혹사시켰다. 한 아이는 열세 명의 아이가 되어 막다른 골목에서 질주를 했다. 미로게임을 하듯 같은 모양의 골목과 오, 엑스의 표시를 한 대문들을 두드리며 집을 찾았다. 출구가 없어서 항상 하나의 골목에서 아이들은 쏟아져나왔다. 꿈에서 깨어났을때는 햇살이 부서 눈을 금방 뜰 수가 없었다. 의식이 돌아올 때마다 연서가 들려주던 다섯 딸들의 웃음소리가 깨알같이 하얀 커튼 사이로 쏟아졌다. 연서와 함께 갔던 붉은 송이들이 깔린 돌담길에서 웃던 연서의 모습까지. 섬의 기억들이 연을 심해로 침잠시키며 심해어로 변하게 했다. 눈이 퇴화되고 다른 감각이 발달한 심해어처럼 연은 불면을 쫓기 위해 수음을 했고, 독한 담배를 피우며 게임 속에서 퇴장과 입장을 반복했다. 익명의 아이디로 욕을 하고 힘이 들어간 소리를 가졌다. 그렇다고 섬이 연의 꼬리표가 된 것은 아니었다.

김포공항의 주차장에서 여자를 보기 전까지 그랬다. 택시 기사들이 수군거렸다.

"예쁜 것, 남자들이 백 미터 앞에서 질질 싸면서 덤벼들겠군."

"저 여자에게 말이나 한번 걸어볼까? 어, 이봐요 아가씨. 어디까지."

기사들은 여자의 가슴을 향하여 손을 흔들어댔다. 그럴 때마다 여자의 가슴은 터질 듯했고 엉덩이는 세차게 실룩거렸다. 실룩거리는 엉덩이. 연은 여자의 얼굴에서 여희를 보았다.

여희와 동거를 하던 때였다. 전역을 하고 다음 학기까지 반년을 할 일 없이 놀아야 했다. 섬에서는 한 시간이 걸리는 곳에 학교를 다니면 방을 얻어주었다. 섬에서 한 시간 거리에 산다는 것은 대륙을 횡단하는 것 같은 공간과 시간을 의미했다. 경조사가 생기면 한 사람이 대표로 가기도 했다. 산을 기점으로 남쪽을 산남 지역, 북쪽을 산북이라 했다. 산폭도 같다는 말은 산에서 내려온 산사람이란 뜻이었다. 호랑이와 여우가 살지 않는 산에는 대신 산사람들이 살았다. 놀라운 능력을 가진 사람들의 이야기는 가끔씩 들려왔다. 대수롭지 않게 들려왔다. 워낙 신기한 사람들이 많이 사는 곳이 섬이라 산사람들의 초능력은 발에 낀 때 정도로 여겼다. 대소사에 나타난 친척들 중에서 멀쩡하던 사람이 갑자기 안 하던 짓을 하면 둘 중에 하나가 되었다고 할 정도였다. 신내림을 받거나 넋이 나갔으니 넋들임이 필요하다고 섬사람들은 단정 지었다. 처방도 자연스럽게 내렸다. 무당이 되게 하려고 소미를 시키거나 색동옷을 입힌 짚인형 허맹이와 갓 지은 오곡밥을 배방선에 담아놓고 모월 모일 모시에 바다에 띄우라는 처방을 받아들고 왔다. 미친 사람들은 감쪽같이 제정신으로 돌아왔다. 도깨비와 뱀들이 사람을 홀린다는 섬에선 과학을 미신이라고 믿었다.

연이 시내에서 대학을 다녔기 때문에 어른들은 자취방을 얻어주었다. 첫 독립이었다. 그리고 군대를 갔다 왔다. 자취방은 사라졌다. 복학을 해야 자취방을 얻어 줄 것이라는 어른들의 심중은 알고 있었지만 고향집에 내려가지 않았다. 데모 대열에 끼지 않게 여희는 연을 자신의 자취방에 숨겨놓았다. 노래패 동아리에서 민중가요를 부르자는 문자가 왔지만 그녀가 지워버렸다. 연이 그녀의 품보다 노래를 더 하고 싶어한다는 것을 알고 있었다. 연은 일기장에 시 같은 걸 적었다. 스스로를 모욕하고 변태라고 비웃으며 견디는 내용들이었다.

"혹시 내가 지금 죽는다면 주저흔의 원인은 다음과 같을 거야……. 부디 나 같은 놈은 만나지 말고 행복하게 살아줘. 살아 있어줘. 내 이름으로 살아 있어줘."

유서 같은 일기들이 어지럽혀진 채 잠이 들면 새벽 무렵 그녀가 돌아왔다. 그녀는 카페에서 돌아와 피곤함도 잊은 채 정성껏 연을 애무해주었다. 잠든 연에게 섹스를 해주던 그녀가 일본으로 떠났다. 그녀의 언니가 변태새끼라며 쏘아붙이며 그녀의 짐을 쌌다. 카페에서 알게 된 유부남과 일본으로 떠난 사실과 연의 아이를 유산시킨 일까지 한꺼번에 그녀의 언니는 연에게 쏘아댔다. 연은 영화의 한 장면처럼 많은 것들을 들었다. 일기장에는 한 문장의 편지가 그녀의 필체로 남겨져 있었다.

"당신과는 미래가 없어요."

빈방의 윗목에서 찬밥처럼 웅크려 있던 연이 깨어났다. 여자이길 바라던 여희. 어둠 속에서 여희를 기다리며 훌쩍이며 들던 겨울비가 금이 간 창문 너머로 지나갔다. 비로소 여희가 아름다워진 모습으로 하얀 드레스를 입고 뒤돌아보며 웃는 꿈을 꾸고 난 아침. 봄 햇살이 뚫고 들어와 평범한 것을 아름답게 바꿔놓았다. 여희가 머리맡 국사발 아래 놓아둔 푸른 지폐 몇 장을 들고 연은 빈방을 나왔다.

악선재

여희가 떠나자 연은 악선재에서 하루 종일 기타를 쳤다. 해경 형은 모든 걸 정리하고 섬에 내려와서 작업실 겸 카페를 차렸다. 한때 방송국의 채널을 돌리면 여기 저기서 해경 형이 만든 음악이 흘러나오던 때의 공연 포스터가 벽면에 걸려 있었다. 짐 모리슨이 기타를 잡고 머리를 휘날리며 휘어질 듯 서있는 모습과 닮았다. 지금은 전인권의 모습으로 셔츠의 단추와 단추 사이가 터질 듯했다. 머리에선 온갖 냄새가 축축하게 우러나왔다. 대마초와 스캔들은 예술가들에게 있어서 거장을 만들거나 조기종영을 예고하는 공식이 되어버렸다. 연과는 열 살 차이인데도 세상을 다 꿰뚫는 듯 찬물을 끼얹었다.

"그래, 출세를 하고 싶다고⋯⋯."

"형, 나만의 색깔을 가진 노래를 만들고 싶어."

연은 악선재를 자신의 색깔로 바꾸기 시작했다. 계단을 타고 올라간 술병들을 치우고 조명을 설치했다. 천국의 계단. 연은 우퍼를 점검하고 마이크 앞에서 노래를 하기 시작했다. 손님을 위한 노래보다 자신을 위한 노래를 부르기 시작했다. 연에게 쓸데없는 것에 희망을 품지 말라고 했던 해경 형이 가끔씩 기타의 코드를 고쳐 잡아주었다. 동아리에서 만든 데모곡을 연주하면 편곡을 도와주었다. 그리곤 옥탑방으로 올라가서 하루 종일 카페를 비워주기도 했다. 담배냄새와 곰팡이로 얼룩진 카페에 들어왔다가 도망치듯 나가던 손님들이 새로운 분위기에 젖어 들었다. 혼자 들어오는 손님도 늘었고, 곡을 신청하는 쪽지도 생겼다. 가끔 기타를 들고 오는 팀에게 공연 장소를 제공하기도 했다. 해경 형은 객석에 앉아 박수를 치기도 했다. 연과 함께 기타를 잡기도 했다. 열광하는 박수에 못 이겨 향수에 젖은 옛 곡들을 부르기도 했다. 재즈 싱어인 신기를 만난 곳이 악선재이기도 했다. 신기는 연보다 한두 살 많지만 야자를 하자고 대뜸 연의 어깨를 쳤다. 해경 형의 노래를 듣고는 당장 내일부터 자신이 노래를 하겠다고 했다. 해경 형에게 작곡을 부탁했다. 처음 본 남자를 채찍질하는 신기는 조련사처럼 악선재의 사업을 일사천리로 진행시켰다. 해경 형이 말끔하게 면도를 하고 삼손처럼 머리를 잘랐다. 체중을 줄이기 위해 아침마다 해안도로를 달렸다. 궐련이라 부르며 대마초를 살짝 말아서 피우던 물담배는 전자담배로 바뀌었다.

연에게도 많은 여자들이 생겼다 사라졌다. 여자들에게 인기가 좋은 목소리 톤을 가졌다. 귀 가까이 '미~'의 음으로 들리는 목소리는 섬의 여자들을 흥분하게 했다. 고음과 단답형의 목소리톤을 가진 오랑캐 무리처럼 섬의 남자들은 여자들을 부리려 했다. 섬의 여자들은 남자들보다 경제력과 생활력이 강했다. 여자들이 돈이 많아지고 능력이 커질수록 남자들은 비루해졌다. 이혼율이 증가하는 이유도 그러했다. 여자들은 쓸모없고 번거로운 남자들을 못 견뎌했다. 그런데도 후까시가 늘어서 목소리만 커지는 남자들은 대부분 뒤에서 여자들에게 무릎을 꿇고 비는 경우가 많았다. 아들은 예외지만 남편은 투명인간 취급을 당하는 게 허다했다. 그런 섬에서 연의 목소리는 살랑살랑 불어오는 봄바람 같아서 여자들을 꽃으로 변하게 만들었다. 연은 섬의 여자들이 좋아하는 목소리를 가졌다. 일상의 싸움터에서 돌아온 여자들은 저녁마다 악선재로 몰려들었다. 비싼 술을 마시고도 여자들이 돈을 냈다. 연을 보기 위해 악선재가 꽉 찼다. 영업 시간이 끝나면 연은 여자들의 차를 타고 갔다. 하지만 연은 여자들과 사랑을 할 수가 없었다. 여자를 만날수록 연의 악몽은 심해져갔다. 물고기 한 마리가 꼬리를 치며 연에게 다가왔다가 노래하는 새로 변했다. 새는 꽃이 되었다가 열매가 되어 아기로 변했다. 연이 손을 내밀자 팔, 다리가 잘려 나갔다. 심장이 빨간 토마토처럼 벽에 부딪혔다. 붉은 피.

　여자들은 잠자리와 상관없이 한동안 악선재를 들락거렸

다. 그러다가 하나둘 보이지 않았다. 연에게 병원에 가보라는 여자도 있었다. 여자에게 사정을 할 수 없는 연. 연이 먼저 여자들을 거절하기 시작했다. 연의 눈 밑에 옅은 그림자 자국이 생겨나기 시작했다.

"형, 여기서 다시 형의 노래를 들을 수 있다는 말을 들었어요. 형이 죽은 줄 알았어요. 전화도 안 받고 집을 찾아다녔는데도 아무도 모르더군요. 어떻게 그래요."

후배가 찾아왔다. 동아리 후배는 연을 보더니 유쾌하게 웃으며 껴안았다.

"내가 죽길 바랐구나."

그렇게 대답하는 연의 말투는 후배와 달리 차가웠다.

"형이 제대할 때만 기다렸어요. 형 소식을 듣지 못해서 교생실습도 엉망이고 학점도 겨우 받고 졸업했어요."

후배의 이름은 지훈이다. 오버하는 지훈. 연은 점점 당황했다. 지훈이 찾아와서 호들갑을 떠는 것도 그렇지만 달라붙는 것도 불편했다. 해경 형이 둘을 번갈아보더니 웃었다.

제니스 조플린의 〈섬머 타임〉을 틀어놓고 해경 형이 맥주잔으로 기타 코드를 잡았다. 신기가 없는 한적한 악선재에서 제니스 조플린은 끈적끈적했다. 후배는 눈을 동그랗게 뜨고 감탄했다. 자신이 좋아하는 곡을 잊지 않고 있었다며 눈물을 흘렸다. 병신자식.

연은 기차 한 칸의 남자들과 섹스를 했다고 말한 제니스 조플린의 못생긴 얼굴이 떠올랐다. 둔탁하고 퇴폐적인 음성의 제니스 조플린이 부러웠다. 짐 모리슨 곁에 나란히 붙어있는 포스터에서 제니스 조플린이 웃고 있었다.

"노래해줄까? 나 요즘 이런 노래 불러."

지훈은 매일 찾아왔다. 테이블을 닦고 잽싸게 카운터에 가서 계산을 했다. 마른안주와 치즈가 전부인 메뉴에 돈가스가 나오더니 퓨전 음식들로 바뀌었다. 지훈은 호텔 식당에서 요리를 하고 있었다. 아버지 덕에 취직은 어렵지 않았다. 지훈은 잘생기고 키가 큰 남자의 체격을 가졌다. 얼굴도 이국적이지만 섬의 태생치곤 말빛이 고왔다.

"혀어엉, 나를 위해서? 진짜 나를 위해서 노래한다고?"

"가지가지한다."

연은 가끔 욕망을 드러내는 지훈의 감수성을 분해해버리고 싶었다. 뭐든 넘치는 지훈은 연과 함께 길을 가다가도 여자들이 알은체하면 길바닥에 누워버렸다. 다 큰 놈이 길바닥에 누워 죽는 시늉을 했다. 그 모습이 떠오를 때마다 술잔에 침을 뱉어버리고 싶은 충동이 일었다. 덩치에 안 어울리게 연이 노래를 부르면 눈물을 흘렸다. 연이 가끔 지훈에게 호의를 베풀면 감동하며 끌어안았다. 고마움과 미련함을 지닌 미련 곰탱이.

"형, 내 집에 와서 살면 안 돼요? 시집도 꽤 많은데 형이 노래 만들 때 도움이 될 거예요."

반말을 하던 지훈이 정중하게 말했다. 얼굴을 붉히는 지훈은 연의 눈치를 살폈다.

"사실, 악선재에 미안했는데. 그럼 신세를 좀 질까?"

지훈은 호텔을 다니면서부터 집에서 독립했다. 지훈의 아버지는 지훈의 명의로 집을 한 채 사주었다. 평생 원금과 이자를 갚으라며 못을 박았지만, 그냥 물려준 셈이었다. 허투루 살 지훈이 아니라는 부모의 믿음처럼 지훈의 생활은 깔끔하고 담백했다. 지훈의 집에 몇 번 가보았을 때 부러움과 안정감이 연을 사로잡았다. 바다와 산이 다 보이는 지훈의 집 마루의 천장이 마음에 들었다. 다락방 부분을 없애고 천장을 높게 잡았다. 스피커에서 나오는 소리들이 높은 천장과 벽면을 통해 살아났다. 지훈의 취미는 시를 쓰는 것이었다. 시인이 되고 싶었지만, 지훈의 어머니가 말렸다. 지훈이 시를 쓴답시고 밥벌이를 못 하면 여자에게 버려질 게 빤하다고 했다. 그러면서도 시집을 생일선물로 주던 지훈의 어머니는 독서광이었다. 지훈은 부모의 말을 거역하지 않는 모범생이었다. 연에게 집착하는

모습을 들키지 않았다. 겐조 향수를 뿌리던 지훈. 지훈의 식성
은 연이었다.

떠도는 말과 고인 말 사이

"그 남자는 부잣집 아들인데도 책임감이 없었어요. 늘 게
임을 하거나 직업 여자들과 섹스를 하는 걸 좋아했어요. 육지
에서 당신처럼 떠돌며 노래하다가 섬으로 흘러왔어요. 카페
에서 노래하다가 며칠을 외박하고 돌아와서는 나를 때리는 거
예요. 그리고 나서 계란 후라이를 해줘요. 꼭 두 개 반숙으로.
지긋지긋한 그와 헤어졌는데. 그 계란이 문득문득 먹고 싶어
지는 거예요. 아무리 흉내 내려 해도 그 맛을 낼 수가 없어요."

연서는 악선재에서 송별회를 하던 날 만난 여자였다. 취기
가 오르자 일행 중 한 사람이 연서를 불러낸 것이다. 연서가
판을 깨버렸다.

"쟤, 그날이군."

연서가 신경질을 부리자 하나둘 휘청거리며 집으로 돌아
갔다. 연서가 아니었더라면 악선재는 술독에 빠진 쥐들로 가
득 찰 뻔했다. 다음 날 오후 연서는 악선재로 찾아왔다. 판을

깨서 미안하다는 연서를 데리고 나온 연은 구름다리가 있는 바닷가를 걸었다.

"보세요. 또 해무가 내리네요."

순식간에 바다와 구름다리 주위가 안개로 지워졌다. 밤이 아니더라도 안개가 고깃배들과 횟집들의 불빛을 아련하게 만들었다.

"저는 이 마을이 좋아요. 제가 유배인처럼 갇혀 살 때 이곳에 와서 바다를 바라보곤 했어요. 특히 저 동한두기는 저물면서 피어나는 마을이라고 불렀어요. 물론 저 혼자만요."

"저물면서 피어나는……."

노을이 질 때 선홍빛으로 물드는 동한두기는 몇 가구가 없는 낡은 지붕들이 전부였다. 반대로 서한두기 쪽은 용두암을 끼고 있어서 높은 건물들과 카페들이 줄지어 있었다. 서한두기가 호객행위를 하는 불나방처럼 보였다면 동한두기는 떠나는 자들의 울음을 온몸으로 감싸듯 불타고 있었다. 그 마음으로 배웅을 할 줄 아는 마을처럼 보였다. 연서도 동한두기를 닮았다. 연서가 스스럼없이 자신의 이야기를 들려주었을 때 연은 빛이 가슴을 뚫고 온몸에 퍼지는 걸 알아차렸다. 남자와 헤어지고부터 카페를 다녔다는 연서는 여분으로 남아있는 여자들의 이야기를 해주었다. 일본 남자들이 섬에 내려와서 여자의 질에 넣었다는 자두와 머리빗, 구슬 따위들. 이모들이 엉덩이를 풀러 간다는 마사지샵에 따라 가보면 이모들의 항문에 큰 구멍이 뚫려있다고 말할 때 연서가 웃었다. 연서의 눈가에 고인 눈물이 슬몃 반짝였다. 꽃으로 피어나는 빛. 연서는 그렇게 연을 배웅해준 여자였다. 뭍으로 떠날 수 있게 해준 연서는 지훈에게서 벗어나게 해주었다. 그리고 여자와 다시 사랑을 나눌 수 있게 해준 연서.

섬을 빠져나오면서 연서 때문에 흔들려서는 안 된다고 혼잣말을 했다. 거울을 보면서 거울 속의 연서와 싸웠다. 거울을 깨고 피투성이가 된 연은 공항에 서 있는 자신을 발견하곤 했다. 연서는 결혼을 하지 않았다. 결혼을 요구하지도 않았다. 반박자의 걸음 뒤로 따라오는 숨결처럼 가냘프게 서 있었다. 흔들거리듯 흔들리듯 연을 붙잡고 있었다. 어차피 떨어져 있는 사람이고 둘 사이엔 미래가 없다고 연서에 대한 생각을 떨쳐버렸다. 연에겐 미래를 향해 달려야 할 시간만이 필요했다.

연이 연서를 만나러 섬으로 간 적이 있었다. 연서는 연이 갈 적마다 스케줄을 조절하는 눈치였다. 아무것도 바라는 게 없는 연서는 오히려 연에게 많은 영감을 주었다. 연은 지훈과 하룻밤을 보내고 연서와 세 번의 밤을 보냈다. 그러면서 다시 뭍으로 돌아가야 한다는 생각과 남고 싶다는 생각을 반복했다. 다시 몸에서 곰팡내가 나는 것만 같았다. 연서가 자고 있는 동안 발코니로 나가 등대를 바라보며 담배를 피웠다. 빨간 등대와 하얀 등대.

빨간 등대와 하얀 등대 그리고 다섯 개의 노란 등대가 떠 있는 바다에 불이 켜지면 덩달아 하늘에서 별들이 불을 켰다. 태양이 없으면 빛나지 못하는 몸뚱이들이 어둠 속에서 남의 빛을 업고 신나게 웃고 있었다.

더 많은 별들 앞에서 노래하리라. 연은 동그랗게 연기를 모아 바다로 띄웠다. 어둠 속에서 포말을 만들던 연은 한낮의 태양을 떠올렸다. 연서는 음악에 대해 이야기하는 걸 좋아했다. 누구를 위해서, 무엇을 위해서 음악을 만들 것인지 물었다. 자신의 탐욕을 위해서 만들 거라면 시간 낭비를 하지 말라고 했다. 연은 백판이 아닌 정식 음반을 내고 싶다는 말을 취중에 여러 번 하기도 했다.

"나의 노래는 당신이 있어야 빛나. 저물면서 피어나는 마을처럼……."

연서는 연이 듣고 싶어하는 대답과 달리 웃기만 했다.

"세상에서 가장 외로운 별은 어느 별일까요?"

연서는 원담과 방사탑이 있는 바닷가를 돌다가 말했다.

"스스로 빛나면서도 태양을 부러워하는 별이에요."

신이 난 연이 물었다.

"어떻게 그런 별을 구별하지?"

바닷바람을 등진 연서가 가만히 말했다.

"가만히 별을 들여다봐요. 처음엔 눈이 따갑고 아프겠지만 계속 보고 있으면 별빛 속으로 빨려 들어갈 거예요. 그러면 별의 속내를 알게 되지요. 상처투성인데도 제멋대로인지 아니면 하나밖에 없는 초신성을 가진 별인지 알게 될 거예요."

문득 멈춰 선 연이 돌아봤다.

"당신은 언제 그걸 알게 되었지?"

연서의 하얀 셔츠가 바닷바람에 흔들렸다.

"구름이 하늘을 가린 뒤에 비를 내려 대지를 적셔줘요. 가뭄을 해갈시켜 주잖아요. 저도 마음껏 울어 본 적이 있어요. 처음부터 소리를 못 지른 건 아니라구요. 더 이상 잃을 게 없을 때 밑바닥에 웅크려 짐승처럼 울면서 별을 노려보며 살았지요. 빛나는 것들이 다 싫었어요. 따뜻한 불빛이 새어나오는 둥근 식탁과 부모와 아이들의 정겨운 말소리들. 연인들의 눈빛들이 죄다 혐오스러웠어요. 그러다가 별빛을 쬐며 다시 살아나고 있는 제 자신을 발견했지요. 당신이 부르는 노래를 듣고 다시 살고 싶어지는 사람들처럼요."

"함께 가자, 함께 노래를 해줘."

손을 잡는 대신 연서를 오래도록 안았다. 연서의 등 너머 바다에선 고래가 박음질을 하며 검은 눈동자를 반짝였다.

"다른 세계도 아름다워, 분명 다른 빛이 기다리고 있을 거야. 함께 가자."

"사람은 사랑할 때가 가장 아름다워요. 당신의 기억 속에서 아름다운 모습으로만 기억되고 싶어요."

오래도록 사랑을 나눌 수 있게 된 밤, 별빛이 내리고 있었다. 연의 목에 오래도록 달고 있던 목걸이를 연서에게 주었다. 어머니가 연에게 물려준 반지가 매달린 목걸이는 이제 연서의 것이 되었다. 그리고 푸른 밤이 깊어갈 때까지 연은 잠이 들었다. 악몽이 사라진 꿈속에서 하얀 나비 떼가 날아들었다. 파도의 하얀 포말 같기도 하고 고래 떼가 지나가는 것 같기도 한 푸른 바다에서 연은 수영을 하고 있었다. 그러다가 불빛이 새어나오는 낯익은 집의 창문을 오래도록 바라보았다. 어머니의 목소리가 들리는 듯했다.

"아이고, 봄 잠 오래도 잤다."

푸른 새벽을 지나온 노란 햇살이 연을 감쌀 때 눈을 떴다.

식계

식계

*

원이는 첫째 딸이다. 이 마을 대부분의 여자들이 그렇듯 원이의 어머니도 바다에 가서 해산물을 따거나 밭에 나가 농작물을 수확했다. 그리고 아버지와 남편, 그리고 아들을 뒷바라지하는 것을 숙명처럼 생각했다. 딸을 낳으면 자연스레 물질을 하는 법을 가르쳤고, 집안의 남자들을 위해 복종하는 것을 미덕으로 생각해왔다. 원이가 딸이 된 것은 어머니에게 실망을 안겨준 동시에 남동생을 낳을 수 있게 씨앗트기를 해야 하는 행운을 지녀야만 했다. 어머니는 아들을 간절히 원한다는 의미에서 딸의 이름을 원이(顧異)라고 지었다. 이름 덕인지 몰라도 밑으로 남동생 둘이 더 태어났다.

원이의 또래 여자들은 곧잘 물과 밭에 적응했다. 딸을 많이 낳지 못한 어머니와 사업은커녕 면의 말단직원조차도 관심 없는 아버지를 졸라 원이는 물질 대신, 학교를 다니고 책에 파묻혀 지냈다. 호기심과 상상력이 많으나 게으르다며 어머니에게 혼나면서도 원이는 바다 너머를 바라보곤 했다. '바다 건너에는 무엇이 있을까?' 원이는 물질을 배우지 않았다. 그저 집에서 아버지처럼, 동네 남자들처럼 한량으로 지냈다. 다만, 마을의 남자들이 정치와 노름과 술에 빠져 있을 동안 원이는 책에 빠져 있을 뿐이었다. 그래서 그녀는 존재감이 없었다. 부모를 따라 미사를 보러 다녔지만 독실한 신앙심이 있는 것도 아니었다. 대부분의 마을 사람들은 마을 뒷산에 있는 절에 가서 불공을 드리거나 당골에게 가서 굿을 청하는데도 부모님은 어린 자식들을 차를 태우고 읍내로 나가 미사를 드렸다. 유아세례를 받게 하거나 초등학교 때 복사를 서게 하는 것도 잊지 않았다. 훗날 자식들의 결혼식은 성당에서 치러야 하고 혼인 전에 피정을 가야 한다는 조건을 내세우신 것도 부모님이었다.

*

원이의 남편은 5대 독자이다. 남편은 책과 다른 세계를 보여줄 것 같아서 결혼을 했다. 지금으로 치면 원이는 참 순수했거나 뭘 몰랐던 바보천치다. 자신을 천 번이라도 계속 반하게 해줄 것 같은 왕자님처럼 굴었던 남편은 어머니에게도 친절했다. 시누이들에게도 친절했으며 하다못해 동네 슈퍼마켓 아주머니에게도 친절했다. 사람은 옷을 잘 입고 다니고 친절하면 모두가 속을 것이라고 했다. 남의 그림자가 되어 도움을 주는 사람이 되어야 한다고 했을 때 원이는 그가 호인이자 사내대장부라고 생각했다. 책과 다른 세계를 원하면서도 책 이외의 세계를 몰랐으니까 분별력의 기준이 없었다.

모두에게 호인이자 친절한 남편이 문중의 땅을 팔아먹었다. 신구간의 일이라 신들이 모를 것이라는 잔꾀를 썼다. 신들은 모를 테지만 사람들은 어쩌려고 그랬는지. 식게에 몰려든 친척들이 노발대발했다.

"문중 땅을 팔아먹는 장손이 어디 있습니까. 땅도 땅이지만 산담이 떡하니 밭 한가운데 있는데 벌초를 하러 남의 땅에 들어갈 수도 없는 노릇이고. 얼른 문중 땅을 다시 사들이든가 돌려놓으시오."

남편이 문중 땅을 팔아먹은 건 고작 3천만 원의 일이었다.

"며느리가 얼마나 돈, 돈, 돈 하면서 구박을 했으면, 공무원 대출을 받아도 되었을 것을 문중 땅을 팔게 했을꼬."

시어머니는 오히려 원이를 타박했다.

"잘난 며느리가 들어와서 아들의 기를 죽이더니, 이젠 친척들 망신까지 시키네. 아들을 못 낳으면 남편 뒷바라지라도 잘하든가. 이 무슨 난리인고. 그래. 그 돈을 어디다 썼다니? 생활비가 모자라서 타박했니? 국전을 준비하느라 돈이 필요했니? 혹시, 아들을 얻으려고?"

시어머니는 시누이들을 매일 집으로 불러들여 난리굿을 했다. 원이 또한 시댁에 매일 밤마다 불려가 고초를 당했다. 정작 남편은 며칠 동안 잠적해서 집에도 들어오지 않고 있다. 남편은 바람처럼 사라지는 사내였다. 기척 없이.

"사이버 도박 빚이래요. 미술 교습소를 차려주었더니 미술은 가르치지 않고 습작만 시키고는 허구헌날 컴퓨터로 도박을 했다네요. 집에 와서도 방에서 나오지도 않아요."

"네가, 지금 터진 입이라고 그게 남편보고 할 소리니? 기본 예절도 배워먹지 못한 행실머리 좀 봐라. 니 부모가 그렇게 가르치더냐! 예술이 뭔지 모르는 니가 어떻게 예술가의 고통을 이해하겠니?"

시어머니의 귀는 조금 특별했다. 듣고 싶은 소리만 듣는 참으로 편리한 귀를 가지고 계셨다. 시누이들은 원이 눈치를 보랴, 시어머니 눈치를 보랴 바빴지만 팔이 안으로 굽는다는 걸 원이가 모를 리 없었다. 십시일반 돈을 모아 문중 땅 값을 친척들에게 주자는 말이 나왔을 때 시누이들은 펄쩍 뛰었다. 5대 독자라고 미대에다가 유학까지 보내주고도 모자라서 뒷감당을 위해 출가외인에게 십시일반이라니요. 결국 원이의 월급이 친척들에게 차압당했다. 그깟 문중 땅이 뭐라고. 시어머니는 자신이 죽을 날을 생각하니 문중의 묘에 묻힐 심산이 더욱 간절해졌다.

"너희도 살아봐라. 세상 꿀 발라놓은 온갖 좋은 것이 있다 해도 혈육과 씨앗뿐이여. 아들 씨앗이 있어야 대를 잇고, 친척들이 있어야 상이 나면 돌아본다. 죽어서 아무도 문상을 안 오면 그것만큼 헛산 게 어디 있느냐. 너도 아직 마흔 중반이니 아들 하나 낳아 보거라. 용한 점집에 가서 방법을 알아보자. 딸 하나로 끝내지 말고. 그리고 네 서방 멸시하면 안 된다. 나중에 위대한 예술가로 가문을 빛낼 사람이니라. 태몽도 그렇고 사주팔자도 그러하니라. 자고로 예술가의 아내는 아무나 되는 게 아닌 게야."

*

　원이는 부활절 자정 미사를 가보는 게 소원이었다. 그림이 그려진 달걀꾸러미를 선물로 받을 때마다 원이는 창밖의 십자가를 바라보았다. 면사무소와 이웃한 성당에선 부활절 준비로 바쁜 아이들과 수녀님이 마당을 오고 갔다. 면사무소로 들어온 수녀님과 아이들이 달걀 꾸러미를 직원들에게 일일이 선물로 주었다. 아이들이 그린 그림이 너무 예뻐서 차마 달걀을 까서 먹을 수가 없었다. 예술작품이란 이런 것이지, 자꾸 들여다보고 싶고 저절로 감탄하고 아끼는.

　원이는 식게 준비로 머리가 아팠다. 누군지 얼굴도 모르는 시댁 할머니의 식게를 치르기 위해 준비할 것이 많았다. 격식을 좋아하는 시어머니는 요구하는 게 많았다. 면사무소에서 근무하는 게 원이에게는 그나마 숨을 돌릴 수 있는 시간이 되어주었다. 친정에 있을 땐, 가족이 부활절 자정미사와 크리스마스 이브의 자정미사를 함께 다녔었다. 평소의 미사와는 달리 성가대가 부르는 미사곡은 이때만큼 장엄할 수가 없었다. 천상의 목소리들이 프레스코화의 빛 속을 날아다녔다. 결혼 후 달라진 게 있다면 공교롭게도 부활절에 집에서 차리는 식게가 있다는 사실이었다. 조상과 친척들을 위한 식게는 부활절 미사보다 중요했다. 아들을 낳지 못하고 슬하에 딸을 하나 두고부터는 일요일에 성당을 가는 것조차 눈치가 보였다. 시댁어른들은 원이가 천주교를 믿는다는 것을 알고 있지만, 가족 행사가 일요일에 잡히면 원이의 종교를 무시했다. 일부러 당골에게 데리고 가서 기도를 드리게 했다. 시어머니는 당에 가서 촛불을 켜고 지전을 올리는 것을 매우 중요하게 여겼다.

조퇴와 휴가를 종용하며 집안 대소사에는 무조건 원이를 호출했다. 여자의 직업이란 게 그처럼 우습기 그지없었다. 철밥통이라 일컬어지는 공무원은 시댁에서 지껄일 때 좋은 구실이었다. 그럴수록 원이는 시댁 어른들과 남편에게 사랑을 받고 싶었다. 남자는 여자 하기 나름이라는 친정어머니의 단호한 말이 원이에겐 자동응답기처럼 재생되었다. 성당에서도 사랑을 가르치며 인내를 요구했다. 세상은 온통 원이에게 참을성과 인내만을 원했지만, 사랑이 뭔지 정확하게 가르쳐주지 않았다. 시댁의 친척들 중에 이혼을 하고 살림을 가른 여자가 있었다. 그 후로 그녀는 식계와 더불어 온갖 경조사 모임에 거론되었다.

"미친년, 자식과 남편 팽개치고 나간 년이 얼마나 잘 사는지 두고 보자. 행실머리 없고 인정머리 없는 년이 우리 가문에 들어와서 똥칠을 해도 유분수지. 화냥년 같으니라고."

그녀를 제물로 바쳐야만 대소사는 순조롭게 거행되었다. 마치 한 사람이라도 그녀를 회상하며 험담하고 침을 뱉지 않으면 반역자라도 되는 양 분위기가 그랬다. 원이는 자신도 이혼을 몇 번 생각했지만, 자신이 떠나면 좋은 기억은 사라지고 흥이 지고 더럽게 회자될 게 두려웠다. 어느 세계든지 그 세계를 이탈한 자는 영웅이 아니라 반역자가 되어 세계를 이탈하려는 다른 자들을 공포로 몰아넣는 구실이 된다는 걸 원이는 점차 알게 되었다. 어른이 되면 그런 게 치사스럽고 혐오스런 어른들의 모습이란 걸 알기에 점점 두려움이 많아졌다. 청춘이 지나면 두려움으로 떨며 갑옷을 입고, 가면을 쓰는 게 늙음이란 것도 알게 되었다.

시어머니의 가면과 친척들의 가면무도회가 열리는 식게를 부활절에 치르게 된 것뿐이었다. 그들은 부활이 뭔지 모를 테니. 사랑 또한 거품이나 처리해야 할 단순 사건쯤으로 생각하려 들 것이다. 미운 사람을 위해 기도하는 날이 부활절이란 것을 모를 테니 그저 산담 문제로 친척들은 기세가 등등하여 달달 볶고, 시어머니의 권세는 잠시 쪼그라들어서 과하게 차린 음식으로 모면하려 드는 것이다. 유치한 식게 풍경 속에서 원이가 할 수 있는 것은 인내와 복종뿐이었다.

"네네, 알겠습니다."

원이가 할 수 있는 발언권이란 이것이 전부였다. 5대 독자의 아들 씨앗을 받지 못한 게 원이의 잘못은 아니지 않은가. 하늘을 봐야 별 모서리라도 잡아볼 게 아닌가. 원이의 남편은 밤새 컴퓨터 모니터와 연애를 하느라 원이와 각방을 쓴 지 오래였다. 그리고 지금은 조선 시대도 아니고 아들이 꼭 대를 이어야 하는 사회적 분위기도 사라진 지 오래다. 시댁은 돈으로 어렵게 양반을 산 부류처럼 양반의 잔재를 청산하지 못한 사람들처럼 굴었다.

"왜? 왜요?"

라고 말한 적이 있었다. 그러자 남편부터 눈을 부라렸다. 마치 원이가 원죄를 지은 듯 원이에게 욕을 퍼부었다. 일가친척이 다 모여 앉은 밥상머리에서 말이다. 순하게 생긴 남편이 성난 황소처럼 굴자 모두 조용해졌다. 왜 자신의 월급으로 문중 땅값을 물어 줘야 하느냐고 묻지도 못하는지. 죄를 지은 건 남편인데 왜 원이가 죄인이 되어야 하는지.

"쌍놈 집안의 자식이라 저 말하는 본새 좀 봐요."

겨우 진정이 되자 고양이처럼 가느다란 시어머니의 말에 화들짝 놀란 친척들이 고개를 끄덕거렸다. 부엌에서 음식을 담던 딸이 숟가락을 접시에 세게 내려놨다.

"저, 저, 고추도 못 단 년이 어디 식겟날 소리를 내고 그래.

지 에미 닮아서 하는 짓도 상스럽게."

식게는 누구 하나 잡아서 분풀이를 하는 집단 마녀사냥의 날인지 모를 일이었다. 부활절 자정 미사가 거의 끝나갈 시간이었다.

*

식게는 조상 앞에서 현존하는 가족들이 대를 이어 심판을 받는 자리인 듯했다. 조상 중에는 잘난 조상도 있겠지만 죄인도 있을 것이다. 살아생전 잘난 조상만 죽어서도 이야기가 전해졌다. 각색되고 부풀리면서 신화처럼 되풀이되었다. 그러니 잘 살 필요가 있었다. 특히 여자 조상은 거론되기가 참 힘들다. 신사임당이나 김만덕 정도가 되지 않으면 조상 중에 여자는 전멸되고 남자들만 살던 시대인 듯 착각하게 했다. 그 많던 여자들은 어디로 가버린 것일까?

원이는 혼자만 아니라면 된다고 생각했다. 원이는 버림받는 게 싫었다. 그리고 자신의 것이 하나도 없었다. 어릴 적부터 원이는 남동생들이 태어나자 부모에게 잘 보이려고 애쓰며 살았다. 부모님은 남동생들이 태어나자 원이가 쓰던 물건들을 모두 동생들과 공유하라며 동생들의 편이 되었다. 하지만 동생들의 물건들은 원이와 공유하지 않아도 되었다. 그것들은 남자들이 쓰는 물건이었으므로. 친구를 칭찬하는 선생님에게 돋보이려고 악착같이 공부했다. 전교 1등이 안 되면 회장과 반장이라도 하기 위해서 그 어떤 일도 마다하지 않았다. 하지만 원이는 선생님과 급우들의 심부름꾼일 뿐이었다. 학교를 빛내는 인재들과 심부름꾼은 다른 것이었다. 원이는 결혼 전까지 기차 한 칸에 앉을 수 있는 수만큼의 사람들에게 버림을 받았다. 그 숫자는 인생을 통틀어 적은 숫자에 불과할지 모르나, 원이가 선택한 사람들이었으니 상처가 꽤 깊고 오래 남았다. 사랑은 받는 게 아니라 주는 것이라고 말하면서 그들은 떠났다. 원이는 사랑을 이해할 수 없었다. 왜 사랑은 주기만 해야 할까. 사랑은 호혜적 관계가 아닌가. 기브 앤 테이크가 사랑이 아니면 누가 사랑을 하겠는가. 그런데도 세상 사람들은 잘만 사랑을 하는 듯했다. 곁을 지키면서, 팔짱을 끼고 어디든 함께 동행하는 연인과 가족이 뭐가 그리 어렵다고 야단일까 싶었다. 주변 사람들은 매일 받기만 해도 사랑을 구애하는 사람들로 넘치는 듯했다. 그들의 자랑 앞에서 늘 주눅이 들었다. 드라마를 끊은 이유도 그랬다. 왜 부잣집 훈남이 가난한 여자를 영원히 사랑한다며 위험을 무릅쓰는 걸까? 그리고 그들은 왜 맺어지는 걸까? 원이는 식게나 명절이 들어있는 달력을 보며 지끈거리는 관자놀이를 손가락으로 눌렀다. 그리고 전화번호를 눌렀다.

"이번 주 금요일 저녁에 한잔하자."

암호 같은 호출을 받으면 주점으로 원이와 비슷한 행색을 한 여자들이 모여들었다. 남편 흉과 시누이 흉을 보다가 세상을 원망하며 소주를 돌렸다. 그리고 노래방에 가서 실컷 악을 썼다. 죽이 잘 맞는 멤버들 앞에선 숨통이 트였다. 뇌선을 빻아 솜에 말고는 이빨 사이에 물고 물질을 하는 해녀들처럼 독한 술이 들어간 몸이 고통을 잠시 잊게 해주었다. 미리 하고 싶은 욕을 실컷 하고 나면 식겟날 입을 다물고 하루를 견딜 수 있었다.

남편은 원이가 말술을 마시는지 저녁마다 술집을 떠돌다가 집으로 들어가는지를 몰랐다. 원이의 남편은 집에선 그림이 그려지지 않는다며 따로 나가 화실을 차렸다. 명색이 가장이니 남들 보기 민망하다며 미술 개인교습소라는 간판을 달았다. 간판을 보고 찾아온 입시반 학생들을 가르치기 때문에 저녁부터 자정까지 수업을 했다. 남편은 원이와 다른 시간대에 일을 하고 있기에 서로 마주칠 일이 없었다. 딸은 야간자율학습이 끝나면 학원을 돌다 독서실로 갔다. 독서실 차량으로 집으로 귀가하면 핸드폰을 보다가 잠이 들었다. 원이는 혼자만 아니면 괜찮았다. 어떤 형태로 가족이 변형되어가든 깨지지만 않기를 바랐다. 그러다가 남편에게 일이 터지거나 그 화살받이로 자신이 만신창이가 될 때는 이혼을 생각했다. 남편은 일을 저지르고는 잠적하는 오래된 습관이 있었다. 늘 어머니가 뒷수습을 해주면서 생긴 버릇이라 했지만 고칠 생각은 없어 보였다. 방랑기는 예술가의 자질이라고 주위 사람들이 위로랍시고 해주기도 했다. 방랑의 끝에서 대작이 나왔으면 좋으련만 고작 작심삼일이 되풀이될 뿐이었다.

"맑아진 정신으로 새로운 인생을 살아보겠어."

남편이 먼저 바람이라도 났으면 좋겠다고, 아니면 교통사고로 한방에 죽어버리기를 기도하다가 소스라치게 놀랄 때도 있었다. 고해성사를 보고 나서도 꺼림칙했다. 딸이 시험을 잘 보기를 바라며 화살기도를 하다가 남편이 죽어버리기를 바라는 상상으로 이어지곤 했다. 자신의 이중성을 버리지 못해서 고해성사를 보면 괴로웠다.

"나는 완벽한 인간이 못 돼. 나는 태어난 자체가 죄일까?"

버림받지 않기 위해서 항상 웃고 분위기를 이끌면 환대받는 면사무소 직원으로는 가능한데 왜 집에서는 그게 안 되는 걸까. 천 명의 사람을 만족시킬 수는 있어도 한 명을 천 번 만족시키기는 어렵다는 말. 그게 정말 불가능한 사실일까?

*

"남자는 네 명이 모이면 우두머리를 뽑고, 여자는 넷이 모이면 한 명을 왕따시킨다. 남자들은 자신의 모든 걸 공개한다. 시험을 치르자마자 점수까지 공개한다. 남자들에겐 시험점수나 여자친구와의 일은 비밀 거리가 아니다. 하지만 여자들은 성형과 피부 그리고 다이어트에 관한 모든 것을 비밀리에 부친다. 몇 년 동안 관리를 받아왔으면서도, 타고난 동안 피부라고 말할 뿐이다. 남자들은 수렵시대부터 가족을 부양하는 책임감에 의해 노예근성을 타고났다. 심지어 오늘날에도 군대까지 갔다 오지 않는가. 그러니 생존에 대한 절박함과 끝없이 일을 하려는 디엔에이가 몸속을 돌아다니고 있다. 여자들은 승부욕이나 결핍에 관한 생각이 부족하다. 어느 정도 벌면 안정적인 삶을 누리려고 자신의 일을 포기한다. 결혼을 하고 양육과 가사 일에 대한 핑계로 어렵게 들어간 회사도 박차고 나오지 않는가. 경력 단절녀라고 해도 남편이 벌어다주니까 궁하지 않다. 그러니 여자는 더 많이 벌어들이려는 생존 본능이

희박하다. 회사의 간부가 문을 열고 들어가면 남자들은 코앞까지 와서 인사를 하지만 여자직원들은 곁에 가야 겨우 아는 척을 한다. 그러니 여자를 채용하겠습니까?"

원이는 티비 앞에서 목젖을 드러내놓고 웃는 시댁 어른들을 보았다. 남편과 시어머니는 개그맨들의 토크에 맞다며 손뼉을 쳤다.

"저건 육지 사람들에게나 가능한 말이지. 여기 제주에선 반대라구."

원이가 식게의 뒤처리를 하는 동안 딸에게 작은 소리로 말했다.

"엄마, 나는 육지건 제주건 여자가 결혼을 하면 지옥행이라고 봐. 그 어디에도 여자를 위한 천국은 없어."

원이가 제기와 그릇들을 다 씻고 나자 딸과 함께 하얀 행주로 닦기 시작했다. 아침 일찍 딸을 학교에 보내고 직장을 가야하는 원이지만, 식게의 뒤처리는 끝이 없었다.

"올케, 김치 맛있던데. 내가 좀 싸고 갈게요. 돼지고기 산적과 전복 산적도 좀 넉넉하게 싸주세요. 회사 직원들에게 식게라고 말했으니 음식을 기다릴 거예요. 아침에 밥하기 싫으니까, 호박전과 나물 넣고 대충 비벼 먹어야겠다. 참, 고사리는 싸지 말아요. 내가 고사리 싫어하는 거 알잖아요?"

작은시누이는 자정이 지났는데도 하품만 하며 집으로 돌아갈 생각이 없는지 티비 앞에서 소리를 높였다. 뒤도 돌아보지 않고 음식을 싸주라는 말만 했다. 음식을 함께 만들지도 않았으면서 제일 많이 싸고 갔다. 큰시누이는 이상한 교회를 다니느라 식게에 오지 않는다. 물론 식게 음식조차 먹지 않는다.

"미친년, 지 에미 식겟날도 안 올 년 같으니라구."

시어머니가 큰시누이가 없는 집 안에 대고 쓴소리를 뱉었다. 정작 큰시누이에게는 입도 뻥긋하지 못하면서 말이다. 이 집에서 가장 무서운 것은 큰시누이다. 아이들 공부에 목숨을 걸어서 외국까지 갔다 왔다. 결국 유학파 아들이 국내에 들어와서 은행에 취직할 거라면 왜 외국까지 유학을 가서 십여 년 고생을 했을까. 가만 보면 있는 집의 허세란 허세를 큰시누이가 모두 행세한 셈이었다. 하긴 이 집의 5대 독자를 두고 할 소리는 못 되었다.

큰시누이는 지루하고 권태로운 귀부인 생활을 하던 중에 이상한 종교에 빠져 지냈다. 이 사실이 알려지자 큰시누이와 아이들이 급하게 외국으로 보내진 것이었다. 귀국해서도 유학파 엄마들의 사교모임에만 나갔다. 섬에선 친구들이 한 명도 없는 왕따였다. 그러다가 큰집의 회사가 쫄딱 망했다. 베갯머리 송사로 일을 그르친 것이다. 남자란 여자와 하룻밤을 자면 자신의 여자라고 착각하기 마련이다. 그러면 자신의 온갖 비밀을 말하고 다닌다. 입단속이 부실해서 회사의 이중장부와 탈세가 탄로 났다. 큰시누이가 외국에 아이들을 데리고 간 사이 기러기 아빠인 남편이 술집 마담들과 살다시피 했다. 술집 마담들 중에는 정부와 경쟁 회사들의 입과 귀가 되는 이가 많았다. 직업상 그녀들은 정보를 교환하는 조건으로 업소의 영업을 유지했다. 남자들이 대수롭지 않게 비밀을 말하는 허점을 노린 것이다.

남편이 회사를 부도내고 감옥에 갔는데도 큰시누이는 허세만 남아서 아직도 귀부인처럼 다녔다. 큰시누이는 아들바라기를 하며 살았다. 남편이 술집마담들과 동거를 하고 있다는 사실을 진즉 알고 있었으면서도 이혼만은 해주지 않았다. 아들을 인질로 물고 늘어졌다. 큰시누이는 한 번도 직장을 다녀본 적도 없고, 경제적 자립 능력도 없었기에 별도리가 없었다.

원이는 사무실로 큰시누이가 전화를 걸어오면 겁부터 났다. 대출 보증이나 돈을 빌리려는 수작이므로 원이는 큰시누이가 암 같은 존재라고 생각했다. 부자에게 시집을 잘 갔다고 자랑이던 큰시누이는 점점 집안의 골칫덩어리가 되어갔다. 하긴, 골치 아프지 않게 하는 사람이 또 누가 있을까.

*

    원이는 자신만 빼고 그 밖의 것들에만 모든 시간을 할애하고 있는 자신에 대해 생각해보았다. 결혼을 하고 나서 자신의 시간을 쓸 수 없다는 것이 참 이상했다. 그것은 돈에 관해서도 그랬다. 자신이 벌긴 하지만 자신을 위해 쓸 수 없는 돈이었다. 가족과 사회에 모두 돌려줘야 할 거라면 왜 사람들은 돈을 버는 걸까? 만약 자신이 공무원 시험에 합격하지 않았고, 아무런 재능도 없었다면 남편이 지금처럼 살고 있을까? 수입이 없는데도 태연한 자세로 늘 낙천적인 삶을 사는 남편은 가난과 굶주림 혹은 세금 독촉장이 무섭지 않은 걸까? 자신이 사라진다면 남편과 시댁은 딸을 잘 부양해줄 수 있을까?

    딸? 부양? 생각이 여기에서 멈추자, 옆에서 그릇을 닦고 있는 딸을 쳐다보았다. 열여덟 해 동안 딸아이는 곡예사처럼 위태로운 줄타기를 하면서도 잘 커주었다. 원이가 직장을 다니느라 딸은 위험한 순간들을 혼자 견뎌야만 했다. 남편은 자정 무렵 교습이 끝나면 술을 마시거나 게임을 하다가 들어왔다. 원이가 일어나기 한 시간 전쯤에 들어와서는 잠을 자기 시작한다. 일찍 들어오는 날에는 밤새 라면을 끓여 먹으며 거실에서 영화를 보거나 제 방에 들어가 게임을 했다. 정작 그는 그림을 그리지 않았다. 마치 어머니가 죽을 때까지 화가라는 끈을 놓으면 안 되는 것처럼 물감과 캔버스 속에 둘러싸여 살았다. 그런데도 잠을 자는 시간은 언제나 원이가 일어나기 한 시간 전이었다. 딸을 유치원 차에 태워 보내거나 학교의 행사 때에도 남편에게 부탁할 수가 없었다. 그녀의 출근 시간에 맞추려면 다른 아이들보다 일찍 유치원에 태워다 줘야만 했다. 야근이 있을 때는 밤늦은 시간까지 원장에게 사정을 하는 경우도 있었다. 하지만 간혹 아빠가 일어나지 않아 학교를 못 가거나 야자가 끝나서 집까지 걸어온 적도 많았다. 학교 행사에 아빠가 가본 적이 없어서 편모라고 놀림을 받은 적도 있었다. 원이는 몇 번이나 남편에게 사정을 하고 부탁을 해봤지만 무용지물이었다.

무안해진 남편은 시시하고 하찮은 여자들의 일 따위에 남자가 필요한 것이냐고 되물었다. 그리고 발끈하며 잔소리를 늘어놓는 원이에게 화를 내었다. 원이는 점점 남편과 대화하는 것을 회피했다. 좋게 대화를 하다가도 결국 다툼과 고성으로 끝이 났다. 그러면 남편은 집을 나가버렸다. 짧게는 술집을 전전하다 돌아오거나 길게는 낯선 도시를 떠돌았다. 돌아온 남편의 카드빚을 갚는 게 더 버거웠다. 원이가 딸을 낳고 2년 동안 모유수유를 한 것도 아이의 건강을 이유로 들었지만 사

실 돈을 절약하기 위해서였다. 젖을 짜서 냉동실에 보관하고
는 친정과 친구들 집에 딸을 맡기며 키웠다. 그런데도 남편의
술값은 액수가 턱없이 컸다. 딸의 분유 값과 기저귀 값을 아낀
게 허사로 돌아가기 일쑤였다.

원이는 시댁에서 자신이 과연 중요하긴 할까 생각했다.

*

남편이 죽었다. 시댁의 밖거리 옆에는 오래된 뒷간이 있었
는데 그곳에 빠져 죽었다. 푸세식의 낡고 잡초 무성한 뒷간에
는 똥돼지나 인분이 없어서 다행이었다. 하지만 자정이 지나
친척들이 모두 집으로 돌아간 뒤였다. 원이와 딸이 그릇을 닦
고 집 안을 정리하는 동안 남편은 마당에 서있었다. 하늘을 올
려다보며 보름달을 바라보던 그가 그곳으로 들어가 발을 헛디
딘 것은 의문이었다. 뒷간귀신이 있어서 어린아이가 똥통에
빠지면 똥떡을 나이에 맞게 빚어 먹던 풍습이 있었다. 뒷간귀
신의 심술로 아이들이 똥을 싸다가 미끄러져서 똥범벅이 되면
똥독이 올랐다. 그래서 죽는 경우도 있었고, 피부병으로 며칠
고생할 때도 있었다.

"똥떡~똥떡~"

똥통에 빠진 아이는 똥떡을 들고 키를 쓰고 다녔다. 큰 소리로 외치면 마을 사람들이 나왔다. 아이가 건네준 똥떡을 받고 마을 사람들은 그 애가 다시는 그런 경솔한 짓을 하지 말라고 덕담을 해주었다. 하지만 오늘은 집안의 식겟날이다. 조왕신과 문전신과 다른 조상님들은 모두 올 수 있지만, 뒷간귀신만은 올 수 없는 날이었다. 뒷간귀신과 조왕귀신은 같은 날에 등장할 수 없다.

서양으로 치면 사랑과 애욕의 신인 아프로디테와 부엌의 신인 헤스티아의 관계라고 해도 좋을 것이다. 사랑과 애욕에 눈이 먼 여자가 가정과 부엌이 눈에 보일 턱이 없으니 말이다. 또한 포도주의 신 디오뉘소스와 부엌의 신 헤스티아의 관계도 그러했다. 남선비의 아내인 여산부인을 죽이고 자식들마저 죽이려다 발각된 노저일순은 뒷간귀신이 되었다. 여산부인은 훗날 조왕신이 되었다. 그러니 둘은 같은 날 등장할 수 없는 관계였다. 그래서였을까, 식게가 끝나고 자정 이후에 남편이 죽은 것은.

남편은 어쩌자고 집 안에 새로 들인 욕조 옆 변기를 놔두고 오래된 뒷간을 찾아갔을까? 똥범벅은 아니었지만, 술에 취한 남편은 똥통에 발을 헛디뎌 골절되면서 장기가 파열되었다.

통 안에는 집 안의 자질구레한 쓰레기들이 묻혀있었다. 못과 나무 목재 그리고 녹슨 양철지붕과 부서진 철재 대문이 자석에 달라붙은 것처럼 남편의 몸에 박혀있었다.

*

작은시누이는 결혼은 모르겠고 돈만 많이 모았으면 좋겠다고 했다. 돌싱녀인 그녀는 육지남자와 결혼을 했다가 이혼하고 지금은 혼자 살고 있다.

"난 다른 건 다 참을 수 있었어. 그런데 무시당하는 건 정말이지 참을 수가 없더라고. 내가 뭐가 아쉬워서 참고 살아야 하는데. 후회 같은 건 없어. 애가 보고 싶지도 않느냐고? 애도 옆에 있을 때나 자식이지. 안 보고 사니까 내게 애가 있었나 싶어. 천륜이니 핏줄이니 해도 그건 올가미일 뿐이야. 곁에 없으면 생각나지 않아. 그 집은 부자니까 아마 잘 키울 거야."

작은시누이는 결혼을 해서 육지에서 사는 동안 우울증을 앓았다고 했다. 자살 시도를 두 번이나 했다. 섬의 태생은 바다의 소금기를 벗어날 수 없다고 했다. 잠을 잘 때마다 머리맡에서 파도소리가 들렸다고 했다. 수평선 대신 벼이삭이 누렇게 익어가는 지평선을 바라보며 살다보니 향수병이 생기더란다. 지평선이 꼭 수평선처럼 보여서 밤에는 집어등을 밝히고 돌아오는 배들을 바라보려고 몽유병도 생겼다. 아들 하나를 낳고 우울증이 심해져서 남편에게 섬에 가서 1년만 살자고 했단다. 두 사람은 같은 중학교로 발령받은 새내기 선생들인 데다가 낯선 지방에서 교편을 잡은지라 외로웠다. 두 사람은 서로 의지하며 몇 해 사귀다가 결혼을 했다. 다른 학교로 발령을 받고 아이까지 낳은 작은시누이는 향수병으로 마음고생이 심했다. 섬으로 인사발령을 내달라고 교육청에 신청서를 제출했지만, 남편은 미적거리기만 했다. 그러다가 남편이 바람을 피우고 있다는 사실을 알게 되었다. 다른 여선생님과 모텔에 투숙한다는 소문이 돌았지만 모텔 주인인 학부모는 담임인 작은시누이에게 말하기를 망설였다고 했다. 소문은 다른 곳에서 흘러들어왔다. 남의 눈을 피해서 하는 연애란 꼬리가 길면 잡히는 법이었다.

작은시누이는 남편과 싸우는 도중에 자신을 너무 비참하게 뭉개고 무시했다는 이유로 이혼을 요구했다. 칼로 물 베기라던 부부 싸움도 격해지면 해선 안 될 말로 선을 넘기 일쑤였다. 상처가 깊으면 돌이킬 수 없는 발걸음을 재촉하는 법이었다.

"잘된 일이야. 바람을 피우던 여선생과 남편은 내 아들과 잘 살고 있지 뭐. 여선생이 불임이라네. 그러니 아들을 제 자식처럼 키울 수밖에. 서로 사랑해서 죽고 못 산다는데. 별수 있나. 나만 헛똑똑이었지. 그놈의 사랑이 뭔지. 난 아직도 모르겠네. 그저, 평생 고독하게 늙지 않게 돈벼락이나 맞았으면 좋겠어. 뭐니 뭐니 해도 돈이 최고의 남편이자 자식이지."

작은시누이는 원이를 보며 주저흔이 남은 손목을 보여주었다. 흔들리거나 외로울 땐 손목의 흔적을 본다고 했다. 줄이 그어진 손목을 보면 더 악착같이 살아지더라고 했다. 원이는 자신의 손목에 손가락을 대어보았다. 푸른 실핏줄이 보이는 손목엔 맥박이 뛰고 있었다.

*

응급실로 구급차를 타고 갔던 원이가 돌아왔더니 시댁의 마루에는 손님이 와 계셨다. 삼촌이란 사람은 여덟 살 정도 되어 보이는 남자아이의 손을 꼭 잡고 서있었다. 여동생은 아이만 집에 맡겨두고 사라졌다고 했다. 술집을 떠도는 그녀의 인생도 고달팠기에 따져 묻지도 못하고 아이를 그냥저냥 키워왔다고 했다.

　원이는 엎친 데 덮친 격으로 죄인이 되어버렸다. 난데없이 남편이 죽자 별안간 아들이 생겼다. 아직 사무실에 휴가 신청서도 못 냈는데 해야 할 일이 산더미라 머릿속이 복잡했다. 책상에 어제 못다 처리한 서류들이 그대로 놓여있을 텐데. 핸드폰은 어디다 두었더라? 딸애의 학교에도 연락을 해야 하는데. 이 사람들은 어떻게 처리해야 할까. 원이는 집중할 수 없는 과중한 일들로 허둥거렸다. 머리가 어질했다.

　"학교에 입학을 해야 하는데, 출생 신고가 늦어 이제야 나왔습니다. 원래는 여덟 살인데 일곱 살로 되어있으니 내년에는 들어가야겠지요. 더는 숨길 처지도 못 되니 맡아주십시오. 동생은 작년에 몹쓸 병으로 죽고 없으니 아이를 찾겠다고 할 사람은 없습니다."

　삼촌이란 자는 과묵했으며 셈을 하려 들지 않았다. 그저 아이의 앞날이 순탄하기만을 바랐다. 아이의 눈매가 남편을 쏙 빼닮았다. 어릴 적 남편의 모습이 사진 속에서 튀어나온 것처럼 판박이였다. 삼촌은 부양해야 할 처자식이 있으며 섬을 떠나 이사를 가야 할 형편이기도 했다. 아이는 곱고 순하게 잘 키운 모양새를 하고 있었다. 예의 바르게 몸을 굽혀 인사를 하도록 여러 번 혼이 난 모양인지 반듯했다. 손톱과 귓속이 깨끗

했다. 짧게 자른 머리카락과 옷도 단정했다. 커다란 눈망울 속에 두려움과 호기심 그리고 슬픔이 섞인 것은 핏줄 탓이었다.

삼촌이 돌아가자, 아이는 식계의 퇴물로 차려진 밥상을 받고는 말없이 먹었다. 소리를 내지 않고 밥을 먹는 모습을 보고 있자니 짠해졌다. 원이는 이 상황에서 화를 내어야 하는데 자꾸 아이의 눈망울 앞에서 짠해졌다. 시어머니는 아들의 죽음과 손자의 등장 앞에서 너무나 태연하고 조용했다. 마치 이 상황이 수없이 연습해 온 장면이라는 듯.

"에미야, 나 좀 보자."

아이가 밥을 다 먹자, 시어머니는 원이를 방으로 불러들였다. 아이는 거실에 앉아 아침 드라마를 보았다. 아줌마들이 좋아하는 막장 드라마가 틀어진 거실에서 아이는 덩그러니 앉아 멍하니 화면을 바라보았다.

"이제 장례식도 치러야 하고 친척들에게 아이 이야기도 해야 할 게 아니냐. 경황이 없고 한스러운 것은 너나 나나 마찬가지다. 그런데 말 좀 맞추어야 할 듯하다. 어떻게 할까? 저 아이를 네 호적에 두어 아들로 삼으면 모두가 편안할 듯하다만."

시어머니는 드디어 6대 독자를 얻었으니 기를 펴고 사시겠다. 원이는 유령 같은 남편 대신 아들을 얻었으니 나쁠 것도 없었다.

"싫습니다. 어머니의 아들로 입적하세요. 그래야 더는 몇 대 독자 운운하며 며느리와 다투지 않으셔도 되지 않습니까. 저는 딸애와 자유롭게 살고 싶습니다. 장례식이 끝나면 비로소 이 집안과 결별할 수 있으니 어머님과도 적군이 아니지요. 제 부모님과 천주교에서 바라는 대로 이혼을 하지 않고도 제 할 도리를 다했으니 이것으로 족합니다. 재산은 저 아이에게 다 물려주셔도 상관이 없습니다. 이 집에는 제 것이 하나도 없으니까요."

시어머니는 서서히 미소를 띠었다.

"그래, 그래 주면 좋겠구나. 장례식이 끝나고 사십구재가 지날 때까지만 이 일은 조용히 하고 있어주렴. 저 아이의 일도 절대로 발설하지 말고. 시끄러운 게 사라지면 내가 조용히 처리할 테니 그런 줄 알고. 술집 여자가 낳은 아들이란 말은 절대 나돌면 안 될 일이다. 우리 가문에 술집 화냥년이 낳은 자식이라니. 나야 식게 차려줄 아들이 생겨서 더 바랄 게 없으니 그것이 낫겠구나. 너도 조용해지면 딸년 데리고 육지로 나가서 사는 건 어떻겠니?"

"대학 입시가 끝나면 그럴까 합니다. 서울에 원서를 넣으라고 해뒀습니다. 되도록 고향에는 돌아오지 않으려구요. 전근 신청도 미리 해둘까 해요."

원이는 시어머니 앞에서 처음으로 자신의 속을 솔직히 털어놓는다는 걸 알았다. 둘의 호흡이 잘 맞은 것도 처음 있는 일이었다. 그동안 두 사람은 무엇 때문에 속을 감추고 자신이 세운 허수아비와 싸워왔던 것일까. 식게밥 차려줄 아들이 필요한 집에서 너무 오랫동안 달라붙어 있었던 건 아니었을까, 하고 원이는 미안한 마음이 들기도 했다.

"어머니, 장례식 끝나면 어디 가서 시원한 냉면이라도 먹을까요? 수박을 동치미 국물에 띄운 메밀 냉면요. 마지막으로 어머니 옥색 원피스 하나 사드려도 될까요? 어머니는 옥색이 참 잘 어울리세요."

"참, 너도. 인생이 불쌍타. 네가 예전처럼 내 집에 놀러오던 친구의 딸이면 좋았을 것을. 며느리가 다 뭐니. 며느리는 되지 말았어야 했는데 말이다. 이제야 하는 말이다만, 나도 이 집에 작은 각시로 들어와서 아들을 낳고 살았더니라. 아들 씨가 마른 가문에서 사는 게 얼마나 힘든지 내가 알지. 내가 세 번째인가 네 번째인가 소실이었으니 말이다. 씨가 꼭 이 집일 필요는 없는데도 말이야. 참, 고지식한 집안이었지. 나도 탱자가 물을 건너가면 훌륭한 귤이 될 줄 알았어. 씨앗이 밭이 바뀐다고 어디 변한다더냐. 네 남편이 좀처럼 뿌리를 내리지 못해서 너도 좀 고생했더니라. 냉면? 네가 어릴 적 좋아했던 그 집으로 가자꾸나."

시어머니는 처음으로 사람 좋은 웃음을 하며 거실로 나갔다. 시어머니는 아이의 이름을 서너 번 물었던가. 원이는 아이의 이름이 금세 외워지지 않았다. 장례식장과 친척들 그리고 사무실, 학교 등등 원이의 머릿속에서 집중할 수 없는 경조사 처리 순서가 떠다녔다.

유령이 되어 떠도는 시간

유령이 되어 떠도는 시간

*

　근검절약을 하는 섬사람들이 왜 그토록 가난한 것일까. 여자는 생각했다. 대부분의 토박이들은 겉으로 보이는 대부분이 검소하다 못해 궁상맞기까지 했다. 악착같이 벌면서 호사스럽지 않은 사람들이 대부분이었다. 사내가 가는 부속 섬에 사는 사람들도 그러했다. 오래된 집을 수리하면서 살지만 허물고 새로 현대식 건물을 짓지 않았다. 민박과 식당들은 허름하니 예스러웠다. 장판지 바닥이 아닌 침대를 들여놓으면 좋을 텐데. 여자는 사내를 따라 몇 번 가본 민박집에서 불편했던 잠자리가 생각났다. 텔레비전 채널도 겨우 한두 개이니 아예

전원을 켤 생각도 못 했다. 하긴, 낚시를 하러 온 낚시꾼들이 무슨 채널을 이리저리 돌려 보며 민박집의 방구석을 차지한단 말인가. 섬사람들도 매양 바빠서 텔레비전을 껴안고 사는 사람이 드물었다.

직계가족을 이용하여 이들을 사칭한 사기꾼들은 섬을 쓸고 지나갔다. 아들이 금융 사고를 쳐서 일본으로 달아나거나, 보증을 잘못 서서 대신 부모가 갚아주는 일이 많았다. 바다에 들어간다는 것은 저승에 들어간다는 말을 달고 사는 섬사람들이었다. 그러니 재산을 손에 쥐고 있으면 무엇 하랴 싶어 자식들의 일이라면 모든 걸 내어주었다. 자식들이 잘못을 저질렀든 사기를 당했든 우선 구하고 보자는 식으로 일의 뒤처리를 해왔다.

"사람이 죽냐, 돈이 죽지. 기죽지 말고 살고 있으면 살아진다."

푼돈을 쓰거나 굴룬(쓸데없는) 것에 돈을 쓰면 크게 성을 내면서도 큰일이 닥치면 조용히 가족이 합심해서 도왔다. 가족으로 부족하면 호적과 족보가 도왔고, 마을이 도왔다. 굴룬이란 말을 참으로 경멸하고 경계하는 사람들이었다. 하지만 언제나 굴룬 것들이 날파리 떼처럼 그들 주위를 노렸다. 현금이 바다 위로 올라오는 걸 어찌 그냥 지나치겠는가. 그래서 노동을 싫어하면서 지능으로 사기를 치는 사람들이 섬사람들을 노렸다.

남자가 고기밥이 되거나 전쟁으로 수가 줄어들자 불가피하게 굴룬 각시가 될 수밖에 없는 여자들이 있었다. 남자의 수는 한정되고 가족의 대는 이어야 하는 집에선 스스로 작은 각시가 되어야 했다. 그래서인지 본처에게 정성을 다했다. 제사와 다른 경조사도 도우며 본가를 내조했다. 본처의 자리를 강탈하기 위해 술수를 쓰는 오늘날의 첩과는 다른 의미였다. 그래서 아이들은 큰집과 작은집을 자연스럽게 들락거려왔다. 요즘은 그러한 모습이 변질되었고, 남자가 바람기를 못 이겨 가정이 파탄나기도 했다. 여자들마저 이혼을 서슴없이 해서 전국 1위라는 불명예가 생겨버렸다. 굴룬 각시란 말이 정감 있던 옛날은 사라지고 술집에서 한바탕 소동을 벌이는 굴룬 각시들만 생겨났다. 골프장과 부동산 중개업 그리고 노래주점에서 굴룬 각시들이 보이스피싱처럼 재산을 빼돌렸다.

"겉으로 잘 사는 것처럼 보이면 토박이들에겐 흉이 잡히고, 외지인들에겐 땅문서가 잡힐 거여."

여자는 어른들의 말씀을 듣는 게 잔소리처럼 느껴졌다. 이제 여기는 더 이상 변방의 후미진 섬마을이 아니었다. 땅값이 오르자 모든 게 변해가고 있었다. 대형 마트엔 명품 가방을 파는 코너가 입점했다. 고층 건물들의 조감도가 대형 광고판에서 광고를 하고 있다. 거리를 걷다보면 1층 상가가 대부분 부동산과 핸드폰 판매점 그리고 편의점으로 바뀌었다. 외제차를 심심치 않게 보기도 했다. 그러니 토박이들의 차림이 더욱 대조적으로 비춰졌다.

*

사는 데는 세금이 필요하다. 자식들과 친구들에게 말을 걸기 위한 세금, 이웃과 인사를 나누기 위한 세금이 필요하다. 가끔 질투로 휩싸인 세계를 위한 세금도 내야 한다. 후원금이든 기부금이든 내야 한다. 그도 아니면 사기를 당하거나 엉뚱한 소문에 휘말려 고초를 당하든 동정심을 위한 세금을 내야 한다. 이는 곧 다가올 대운에 대한 방역이자 백신이 되어준다. 그렇지 않으면 사람들은 타인의 기쁨에 동참하지 못한다. 오히려 구린 뒤가 있을 거라는 억측으로 구설수를 만들려고 든다.

땅을 사는 사람들은 현금의 휘발성을 잘 아는 사람들이다.

다른 곳에 투자를 하고 현금을 비워두는 자들은 지갑에 돈이 쌓일 때 위험 신호라는 것을 직감한다. 고전적인 방법이긴 해도 바로 다른 곳으로 투자를 해야 한다면 땅이 가장 안전한 방법이다. 명화를 사거나 건물에 투자를 하는 경우도 있고 금을 사두는 경우도 있지만 그건 공부를 더 해야 한다. 그럴 수 있다면 안목을 키우는 것도 나쁘지 않다. 위작과 명작을 구분할 수만 있다면 좋은 공부가 아닌가. 투자 중에 가장 믿지 못하는 게 사람과 자식 투자이다. 차라리 자신에게 투자하는 편이 낫다. 땅이 없는 작가들은 작품에 예술가들은 예술작품에 돈과 생명을 묻어두는 방식을 채택하고 있다. 보통 자신을 도와줄 협조자가 유능해야만 탄력적으로 작품을 묻어둘 수 있다. 톨스토이처럼 말이다.

톨스토이는 돈을 위해서 글을 썼다. 그는 돈을 주조화된 자유라고 말했다. 그가 도박을 끊고 오직 작품에 매달려서 유명한 대작들을 쏟아낸 건 두 번째 부인 덕분이었다. 그녀의 내조는 탁월했다. 톨스토이의 사후에도 그의 작품들을 위해 헌신한 조력자이자 파트너였다. 작가나 예술가는 그런 지혜로운 파트너를 만나기를 고대한다. 지금도 그렇다.

사기를 벌이는 사람들은 대개 관찰력과 인내심이 뛰어나다. 작가와 예술가처럼 말이다. 경찰관보다 사설 탐정이 소시

오 패스나 사이코 패스를 더 잘 잡는 것처럼 작품으로 범죄 심리를 잘 표현하기도 한다. 장승업은 삼인문년도를 통해 신선들이 동박삭이 앞에서 나이 듦을 자랑하는 이야기를 잘 표현했다. 그처럼 작가들은 자신이 쓴 탐정소설을 통해 미제 사건들을 해결하기도 한다. 셜록 홈즈와 명탐정 코난이 사랑받는 이유가 그렇다. 한국에선 김성종 작가의 추리소설을 읽지 않으면 안 될 정도로 유명하다. 위대한 탐정들은 경찰보다 뛰어난 관찰과 변장술로 사건을 해결한다. 위대한 탐정을 만들어 낸 건 작가이니 얼마나 관찰력과 집요함으로 인내를 했을까.

범죄는 가족과 피해자의 주변인들부터 시작된다. 섬에서 순찰을 돌고 있는 경감은 낚시를 하는 낚시꾼들을 일일이 만나 그들의 손을 관찰한다. 그들의 지문을 보고 밀항을 하고 들어온 범죄자인지를 식별한다. 섬으로 들어올 때는 신분증이 필요하지만 나갈 때는 신분증 검사가 없다. 그래서 들어오려면 웃돈을 얹고 고깃배를 몰래 타고 온다. 사내는 범죄자들과 어쩌면 나란히 찌를 던지고 있는지도 모른다. 그래서 경감이 그를 찾아와도 놀라지 않는다. 경감과 협조할 테니 말이다. 사내는 김성종 작가의 추리소설을 꽤나 탐독했다. 아내가 추리소설 광이기에 덕을 본 셈이다. 아들을 사칭한 보이스피싱도 잡아내서 피해 금액의 두 배를 돌려받을 정도로 집요하고 사건을 즐기는 아내를 두었다. 아내는 집에 185센티 가량 근육질의 마네킹을 두었다. 그리고 그를 홈즈로라 부르며 대화를 한다. 셜록 홈즈와 귀멸의 칼날의 주인공인 탄지로를 합쳐서 부르는 것이다. 아내는 점점 탐정이 되어가고 있다. 아내는 사건에 휘말리면 당황하는 기색을 보이다가 결국 사건에 흥미를 붙인다. 경찰보다 빠르고 주변인보다 더 이성적으로 사건에 흥미를 보인다. 그리고 물 만난 물고기처럼 뛰어다닌다. 홈즈로와 대화를 하면서 말이다. 그때마다 사내는 낚싯대를 메고 섬으로 들어가 다른 각도로 사건을 분석한다.

*

여자의 또 다른 취미는 사격이다. 사건파일을 짜서 분석하고 재구성하는 것을 좋아한다. 함정과 덫으로 상대방을 교란시키며 불안하게 만들기도 한다. 싸움닭의 고수처럼 조용하고 차분하다. 마치 나무로 만든 닭처럼 조용하고 은밀하게 사건을 파고든다. 변장술을 좋아하여 옷차림과 얼굴 표정에 신경을 쓴다. 평소에는 게을러서 친구들과 수다를 떨거나 외출을 좋아하지 않는다. 뭔가를 끄적거리고 책을 읽는 것에 하루를 바친다.

"엄마, 나야. 폰 고장이 나서 이거 잠깐 쓰는 번호라 문자만 가능해. 답장 줘."

"그래, 민이니? 폰은 수리 맡겼니?"

"응, 엄마 내가 온라인으로 신청할 거 있는데 폰 인증이 안 되서 엄마폰으로 인증 한번 받아줘."

"그래."

"엄마 주민등록증 사진 찍어 여기로 보내줘. 엄마 폰으로 인증받는 거라 엄마 민증 있어야 해."

요즘 십 대와 이십 대가 엄마에게 보내는 문자 메시지다. 너무 자연스러워서 보이스피싱이라고 생각지도 못하게 비슷하다. 반말과 어투가 어쩜 이리 똑같을까. 이런 식으로 핸드폰에 원격장치를 걸어 놓고 정보를 빼내어 돈을 뽑아간다. 인터넷 오픈 뱅킹 자동이체를 개설해서 다른 통장으로 옮겨가고 싸움은 이제부터 시작이다.

보통의 피해자는 격앙된 감정으로 우왕좌왕한다. 그리고 경찰서에 달려가 신고를 하고 나면 집안싸움으로 번진다. 여자는 그렇지 않다.

"슬슬 사건이 시작되었으니 몸을 좀 풀어볼까?"

첫 번째, 범죄자가 살아있는 사람이라면 배우자와 자식은 없을지라도 부모는 있을 것이다. 자식을 사칭한 범죄이니 부모를 사칭한 해결을 벌여만 한다. 여자는 콜센터로 보이스피싱을 접수하고 나서 통장과 카드에 지급정지 요청을 했다. 그리고 경찰서로 달려가 사건을 신고한다. 보험 및 모든 은행 계좌를 확인하고 차단과 비밀번호 변경 등의 조치를 취한다. 사건 사실 확인서를 들고 다니며 이체 내역서를 뽑는다. 범죄자의 계좌추적과 플랫폼 그리고 사건 시간 등을 파악한다. 금융 피해구제 신청도 해두고 피해금액 환급 절차를 밟아둔다. 물론 신분증을 새로 만들고 공인인증서를 폐기하는 것을 잊지 않는다. 그동안 찍어둔 사진들이 아깝지만 다시 찍어서 채우면 된다. 대부분 순간의 기쁨으로 저장된 사진들이니 다음의 기쁨을 위해 빈 공간으로 두어도 나쁘지 않다. 핸드폰을 초기화시키고 나서 캡처해 둔 문자 대화를 살펴본다. 은행을 돌며 발급받은 수신거래 내역서와 이체 확인증들을 면밀하게 살핀다. 공통점을 찾아보고 다시 은행으로 전화를 건다. 거래자들의 공통점을 발견한 아내는 범죄자의 부모를 조회한다. 자식 사칭을 했으니 부모에게 되갚을 수밖에.

단골 고객을 알고 있는 은행에서는 상대방의 연락처나 외모에 관한 비밀 보완을 유지하는 게 우선이다. 하지만 이러한 내용을 알고도 모른 체할 수 없는 관계라면 가족 확인서에 찍힌 이름들을 보며 의심할 수 있다. 경찰 수사가 시작되면 영장이 발부되고 징역형이 내려질 수도 있다. 합의가 가장 빠른 방법이다.

만삭이 된 딸이 찾아와 아버지에게 보이스피싱과 다단계에 연류되어서 범행을 저질렀다고 고백하면 부모는 과연 어떻게 할까? 만삭인 딸을 유치장으로 보낼까? 합의금으로 사건을 해결할 것인가? 피해금액의 두 배면 그나마 다행이다.

보수적이고 체면을 우선으로 하는 집 딸이라면, 장남이라면 어떻게 할 것인가. 소문이 나면 가족과 친척은 그 세계에서 추방이나 마찬가지다. 대부분 소리 소문 없이 처리할 것이다.

"사람이 죽냐? 돈이 죽지."

명문고를 못 가서 변방으로 스쿨버스를 타고 다닐 때부터 집안 망신을 시킨 아이라면, 교복으로 이미 어느 학교인지 다 알려지는 세계에서 아이는 버스 정류장에서부터 소심해지고 작은 것에도 놀라고 숨고 움츠러들게 된다. 부모가 친척집에 데리고 다니길 꺼려할 때면 학교 화장실에서 자해를 하기도 한다. 팔을 긋고 손목을 긋는다. 그런 아이들이 대학을 가고 일반인이 되면서 작고 큰 사고들을 친다. 행복은 유지하기 어렵고 지옥은 빠져나오기 어렵다는 말을 실감하면서 말이다.

*

너무나 현실적이지 않은 외모를 가져서 인형인가 싶은 소년이었다. 목소리에 졸음이 묻어나올 정도로 고저가 없었다. 사계절이 온난기후에 머물러 있는 듯한 몽롱한 목소리. 깔끔한 교복 차림을 한 소년의 취미는 큐브였다. 큐브에는 규칙과 계산식이 들어있다고 했다. 스틸 재질의 직사각형 조각들이 다양하게 큐브를 이루는 것을 가방에서 꺼냈다. 피라미드 모양의 정삼각형 모양도 꺼냈다. 그리고는 혼잣말을 하며 큐브를 맞추기 시작했다. 경찰은 소년이 14세 미만으로 촉법소년이라 형사처벌이 어렵다고 했다. 소년의 부모는 소년이 약에 취할 땐 턱을 손으로 쓸어내는 버릇이 있다고 했다. 그래서인지 턱을 만지는 손이 떨렸다. 게임 상품권을 받기 위해서 거액을 힐링샵으로 이체했을 뿐이라고 소년이 말했다. 소년은 오직 게임 상품권을 받지 못한 것에만 분노하고 있었다. 힐링샵이란 마사지 영업소를 말하는 것이었고, 유한 회사 Y라는 법인으로 전국 체인망을 두고 있었다. 소년이 마사지나 안마시술을 받을 리 없으며 그런 곳을 알지도 못했다. 게임 아이템을 사기 위한 상품권만이 필요했다. 소년이 한 일은 무작위로 문자를 보내어 걸려든 핸드폰에 원격 프로그램을 깐 것뿐이었다. 인증번호를 알려달라는 14세 미만 청소년을 자녀로 둔 부모는 이런 일이 흔했다. 원격으로 자동이체 앱을 깔고 돈을 다른 계좌로 옮겨준 일뿐이었다. 하지만 1시간도 채 안 되어 이체금액을 다 처리하였다. 점점 일처리가 빨라졌다. 소년은 시간이 남아서 원격으로 무방비 상태의 피해자들 명의로 상품권을 구입하려다가 덜미가 잡혔다. 꼬리가 길어서 잡혔다.

소년은 자신에게 화가 나 있었다. 완벽하지 못한 자신의 범죄에 증오를 드러내며 부모의 눈치를 봤다. 소년이 물을 마시러 정수기 쪽으로 가다가 책상 모서리에 왼쪽 손등이 긁혔다. 손등이 부어올라 점점이 핏방울이 맺혔다. 소년은 아프다는 엄살 대신 부모의 눈치를 보며 오른쪽 손으로 손등을 가렸다. 아버지의 표정이 일그러졌다.

이러한 소년들이 줄줄이 잡혀 들어 왔다. 노숙자가 대포통장을 빌려주는 시대는 이미 지났다. 총을 든 복면의 사내가 은행을 터는 것은 옛날 영화의 한 장면으로 마감했다. 어린 소년들이 온라인 수업을 듣는 동안 기계치인 부모는 거실에서 그들의 뒷모습만 바라보았다. 그러는 동안 소년들은 원격수업을 응용한 범죄의 세계와 거래를 하는 게 유행처럼 번졌다. 공부를 해서 의사와 변호사가 되지 못하면 할 수 있는 게 없는 세상이 되어버렸다. 그러니 돈을 버는 방법이 점점 힘들어졌다. 사야 할 아이템과 사고 싶은 것들에 비해 돈이 턱없이 부족했다. 그런 걸 위해 순순히 돈을 대줄 부모는 없다. 부모들은 술을 마시거나 쇼핑을 하면서 스트레스를 풀지만, 소년들은 게임이 스트레스를 푸는 데 최고였다. 돈이 없을 뿐이었다. 하지만 손가락으로 통신 속을 탐사하는 것은 누구보다 뛰어났다. 천만 번도 더 해봤으니 눈을 감고도 서핑할 수 있다. 위험? 이불 밖이 더 위험한 세상이었다.

지급거래정지를 시켜 놓은 계좌에 금액이 남아 있었다. 피해금액의 칠십 프로도 안 되는 금액이었다. 처벌할 수도 없는 촉법소년에게 범행을 지시한 게임 친구인 상대방을 검거했다. 그의 이름으로 입금된 이체 확인서는 꽤 신속하게 사건처리를 도왔다. 찾아낸 주소지는 폐기물 처리장이었다. 공교롭게도 소년과 입금자와 유한회사 Y는 분당의 서현역을 중심으로 주소지가 모여 있었다. 서로 얼굴을 모르는 그들은 한 동네에서 한 번쯤은 스쳤을 것이다.

폐기물 처리장의 하청으로 배달 일을 하는 입금자는 수수하게 생긴 작업복 차림의 노동자처럼 보였다. 일밖에 모르는 시골뜨기 같은 그가 이런 일을 꾸몄다고는 볼 수 없었다.

"애인이 어우동 주점에서 일을 합니다. 십오일까지 입금을 해야만 한다고 하도 부탁을 해서 내가 14일까지 돈을 부쳐준다고 했지요. 유한회사 Y로 송금을 해달라고 했습니다. 안마 시술을 하는 곳인데 주점과 같은 사장이 운영하는 곳이라 했습니다. 세 차례 금액을 나눠서 하라고 해서 그렇게 한 것입니다. 제가 세 번 마사지를 받은 것처럼요. 실적이라고 했는데. 나를 만나면서 일을 못 했다고 하길래……."

노총각인 입금자는 주점에서 일하는 아가씨에게 거금을 송금한 것이었다. 본인의 돈으로 하면 좋겠지만, 요즘 코로나로 일거리가 줄어들자 통장은 바닥이었다. 게임에서 만난 소년이 그를 거들기로 한 것이었다. 닉네임으로 게임을 하다 보니 서로의 실체를 몰랐던 것이다. 소년이 마흔 넘은 입금자와 범행을 저지른 것이었다. 입금자는 자신의 아버지에게 일부를 송금하라고 구십만 원을 보냈다. 소년은 그 돈으로 상품권을 사고, 피해자의 명의로 된 계좌에서 입금자의 아버지에게 구십만 원을 송금했다. 입금자의 아버지는 마침 은행 근처에서 일을 보는데 낯선 이름으로 돈이 송금된 것을 발견했다. 사건이 일어나고 있는 시각이었다. 은행으로 찾아간 아버지가 돈을 돌려주겠다고 하자, 주 거래를 하던 은행 측은 바로 타 은행으로 전화를 걸었다. 피해자에게 전화가 걸려온 것은 사건이 한창 진행 중인 시각이었다. 그러자 소년은 원격을 그만두고 사라졌다. 은행 업무 마감 직후였다.

소년은 금융법 위반이 아니라 부모를 살해한 살인으로 실형에 처해졌다. 아들을 용서할 수 없던 아버지는 초인이 되지 못했다. 집안의 체면만 중요시하는 아버지와 다투다가 단도로 아버지의 가슴을 찔렀다. 어머니마저 찌르고는 자신을 찔렀다고 했다. 자신을 감싸지 않고 죽어버리라고 소리치는 아버지는 가짜 부모이다. 가짜로 만들어진 가족은 필요 없다. 자신을 태어나게 했고 범죄자로 만든 것은 부모이니 사라져야 할 악마라고 소리쳤다. 조용하고 차분한 목소리로 말이다. 그렇다. 소년의 닉네임은 AI였다.

입금자는 다단계의 늪에 빠진 애인에게 모든 걸 갖다 바쳤다고 했다. 하지만 후회하지 않는다고 했다. 자신을 따뜻하게 남자로 대해준 여자는 주점에서 만난 여자뿐이라고 했다. 자신의 직업과 모습을 보고 사람들이 피해 다녔지만, 그녀만 그를 남자로 받아주었다고 했다. 어차피 결혼을 해도 아내와 자식들을 위해 나갈 세금이었을 거라며 돈을 잃은 것을 그렇게 합리화시켰다. 타인의 계좌에서 돈을 빼낸 것은 도둑질이라는 걸 알지만 사랑을 위해선 지옥에서 벗어날 수 없었다. 주점의 여자는 하루살이처럼 입금과 실적이 중요했다. 영업을 하지 못하는 코로나 시국에서 상대가 누구든 돈만 준다면 그를 남자로 떠받들 수 있었다. 남자가 아니라 대통령으로도 떠받들 준비가 되어 있었다. 어차피 가진 게 몸밖에 없는 여자였으니까. 살려면 몸을 팔 수밖에 없었다. 피를 팔거나 장기를 파는 게 아니라서 다행이라고 그녀는 자신의 직업을 변호했다. 나라꼴을 이렇게 만든 대통령이 나쁘다며 오히려 소리를 질렀다. 그리고 외상값을 갚으라고 했지 도둑질을 하라고 시켰냐면서 남자에게 소리를 질렀다.

콘센트에 전기선을 여러 개 연결하다 보면 결국 불이 난다. 전기 에너지 공급이 과열되었다는 말이다. 낚싯줄에 줄줄이 걸려 올라온 어둠의 사람들을 차례대로 만나 본 여자는 변장술을 익혀야겠다고 생각했다. 저들이 착용한 마스크가 너무 허술했다. 아마추어 같은 범죄냄새는 악취가 났다. 서로 물어뜯기에 혈안이 된 그들은 흡혈귀처럼 굴었다.

*

흡혈귀 손에 연결된 줄 인형들이 가짜 가족이 되고 인연이 되어 서로의 거미줄에 걸려있다. 행복한 가족의 시절은 없었다는 듯 불안과 공허만이 남은 무리를 이루었다. 서로를 엄마, 아빠, 형, 누나라 불렀다. 가족 흉내를 내면서 서로를 감시하고 공포를 위장했다. 사람 흉내를 내지만 기억이 없는 사람들이 점점 사람들과 지내면서도 사람들의 생활과 멀어져 갔다. 어둠의 세계가 곧 자신들의 세계가 되어버렸다. 뇌를 꼬신 그들은 환경이 안 되면 환경이 되게 하라는 지시를 받았다.

"뇌를 속이고 돈을 속여라. 돈이 곧 자유다. 이 세계의 시민권을 따려면 돈이 필요하다. 검은 돈이어도 세탁만 잘하면 천사가 되고, 영향력을 가진 사람이 될 수 있다. 가족에게 환영받고 싶은 자, 돈을 가져라."

열두 명씩 한 조가 되어 주임의 지령을 받았다. 한 달 치 판매실적을 배당받은 조에서는 한 달 동안 보고를 하고 실적을 위해 영업을 뛰어야 했다. 아침 조회 때마다 실적 이야기와 성공 사례를 발표하는 시간을 가졌다. 이십 분 동안 매일 출근하여 듣는 실적과 성공사례. 그리고 국장은 뇌를 꼬시라는 말을 거듭했다. 세상에 검은 돈은 없다고 말했다. 자유 없는 고독한 노년만 있을 뿐이라며 단호하게 말했다. 노년도 바라지 않는 사원들은 현재의 실적이 죽음을 부르는 칼이었다. 목을 벨 칼이 자신들을 겨누는 아침 조회가 두려웠다. 잠에서 깨면 영영 눈이 떠지지 않기를 바랐다. 행복한 꿈을 꾸고 난 아침은 악몽의 현실이 기다렸다. 할당량은 줄지 않고 점점 늘었다. 나자빠지고 잠수를 탄 팀원이 생길까 봐 주임은 하루 종일 전화와 방문으로 감시를 한다. 하지만 도주자들은 늘어났다. 월 오백만 원 수입보장이라는 전단지를 벽보와 전봇대에 붙이고 아파트에 붙이는 걸 잊지 않는다. 실적이 없으면 새로운 사원을 증원하는 길밖에 없다. 증원을 하면 삼백만 원의 실적이 생긴다. 증원자가 물품을 구입까지 하여 준다면 팀의 실적을 모두 탕감할 수도 있다. 점포에 비치할 물건들을 구입해 준다면 가맹점 비용은 면제이다. 가맹점비 없고 월 오백만 원이면 사람들이 호기심을 가진다. 물품비용의 원금을 빼고 월 오백이라니 해볼 만한 가게라고 사람들은 말한다. 공무원이 되어도 월 오백을 받기 어려운 세상이다.

하지만 실적 할당량이 있다는 걸 몰랐다. 삼 개월이 지나고 나자 슬슬 눈치가 생겼다. 아침 조회를 하고 팀과 따로 점심을 먹으며 분위기를 파악할 때까지 삼 개월 동안 신입점주이자 사원에게 할당량을 주지 않는다. 육 개월 뒤부터는 할당량이 조금씩 늘어났다. 삼 개월 동안 팔 수 있는 물건의 할당량은 보통 지인들이 사주기 때문에 채울 수 있게 된다. 천연 샴푸, 린스, 천연 화장품에 대해 공부를 하고 자신이 써본 후기를 말하면서 열심히 가족과 친척들을 찾아가고 지인을 찾아가면서 삼 개월을 버틴다. 기쁘게. 하지만 육 개월이 넘어가면서 더 이상 물건을 팔 수 있는 지인이 없게 되면 가게를 찾아오는 손님들을 공략한다. 그들의 친척과 지인들을 소개받기 위해 공부를 한다. 주임은 노련하게 상담하는 기법을 훈련시켜준다. 아침 조회에서 성공사례를 발표하는 각 점포 사장들의 이야기를 꼼꼼히 기록해두었다가 활용해보기도 한다. 그렇게 1년을 버티고 나면 할당량을 채울 수 없는 지경에 이른다. 그다음엔 검은돈으로 할당량을 채워야만 한다. 마사지와 안마시술소로 물품을 납품하면서 일이 꼬이기 시작한다.

회사는 알면서도 모른 척 할당량만 늘리고 있다. 그렇게 젊은 여자들은 병들어 갔고 가족과 멀어지게 되었다. 벗어날 수 없는 할당량과 뒷거래. 채무가 쌓여갔다. 그리고 빠져나온다. 몇 곱의 돈을 지불하면서 말이다. 법인회사는 경찰과 법률과 회계 장부를 잘도 빠져나갔고, 사람들은 폐인이 되어 버려지고 만다. 그리고 한낮의 사회로부터도 그들은 버려지기 시작한다. 유령이 되어 떠도는 건 한순간이다.

*

"종교를 버려. 각성을 하고 인간성을 회복하는 순간 너는 조직에서 버려지고 이단자가 될 거야."

"국장은 불교를 믿는다고 절에도 가는데?"

"그녀는 아마 자신이 부처보다 위라고 생각할 거야. 절에 가는 이유는 어떻게 하면 불교신자들이 스스로 지갑을 열고 부처에게 자신의 목숨을 의탁하는지 벤치마킹을 하러 가는 걸 거야. 타켓이 많은 그곳에서 증원 대상을 탐색하겠지. 이 조직은 선한 사람들이 들어오기 좋은 조직이잖아. 허세와 정과 의리 그리고 부끄러움이 많은 사람들이 지갑을 열잖아. 꼭 믿음이 필요한 자들만 가는 곳이 종교 시설은 아니야. 의지가 있다면 산속이나 자신의 마음에서 믿음을 찾겠지."

주임은 신입들을 훈련시키면서 돈을 사랑하는 법을 강조했다. 그리고 인간성을 버리라고 했다. 인간성을 운운하는 것은 사치라고 했다. 허세와 사치는 돈을 지갑에서 빼가는 좋은 약점이라고 강조했다. 부모를 사칭하고 자식을 사칭하는 판매 전략은 언제나 적중했다. 다만 물품 팔기에 급급해서 서두르는 기색이 노출되면 기회를 놓칠 수 있다. 인내와 노력으로 고집스럽게 일을 하다 보면 얼굴에 고집이 드러난다. 하루 종일 돈에 대해 끊임없이 생각하다 보면 돈에 매료되어 사랑에 빠질 수 있다. 국장은 그래서 돈을 사랑한다고 했다. 돈만이 자신을 부자로 만들어 주었고, 자유를 주었다고 했다. 그녀의 말은 주임이 그대로 옮기기도 했다. 돈을 향한 신념은 정의가 되고 결심을 유지하는 데 집념을 불러일으켰다.

국장의 자신감은 모든 일에 주저 없이 당당하게 처리하는 능력을 가져왔다. 그래서인지 후광이 비치는 것처럼 보였다. 국장은 모든 기회를 행운으로 바꾸고 자신이 바라보는 세계를 구축해 나갔다. 끈기와 근성은 그녀의 운명을 바꿔주었다. 국장은 신입들을 상담하면서 자신을 낮추고 상대방을 높였다. 항상 웃는 얼굴로 친절함을 잃지 않았다. 실적이 저조한 팀들이 불려갔을 때에도 화를 내는 일이 없었다.

"항상 감사하는 생활을 하세요. 자기 수입 이하의 생활을 하셔야 합니다. 돈과 물건들은 소중한 것입니다. 그러니 항상 절약하시고, 건강을 우선 챙기세요. 돈도 건강한 자신을 위해 버는 거니까요. 그리고 우리의 일을 즐기세요. 이익에만 집착하지 마시고 취미라고 생각하시면서 즐기세요. 돈 버는 데만 집착해서 화목한 가정을 포기하는 어리석은 사람이 되진 마세요. 투 잡, 쓰리 잡을 뛰는 분들이 계시던데, 한 우물만 파세요. 그래야 성공합니다. 다른 팀원에게 기대거나 숨지 마세요. 숟가락만 얹으면 자존심이 상하잖아요. 독립심과 자존심이 강한 사람이 되세요. 저는 여러분을 항상 응원하고 사랑합니다."

국장은 인간적인 매력을 발산하며 팀원들을 다독였다. 신기하게 국장실만 가면 사원들은 설득당하고 행동대원으로 변했다. 국장의 통솔력과 창의력은 매년 매출 신화를 가져왔다. 일 년에 세 번 해외여행과 상품권으로 콘테스트를 열어 사원들의 매출을 자극했다. 국장의 창의력은 언제나 적중했다. 국장은 화를 내지 않고 사원들의 피를 빨아먹었다. 필요가 없어진 사원들은 폐기했다. 국장의 성공신화의 핵심은 인간성을 철저히 버리는 것이었다. 자신이 인간이라는 것을 각성하는 순간 무너진다는 것을 잘 알고 있기에 그녀의 습관은 철저했다. 목에 칼이 들어와도 웃으며 친절하게 상대의 피를 빨 수 있는 자신감이 모든 사원들을 매료시켰다.

국장은 주임들과 미팅을 자주했다. 아침 조회 후 아홉 시와 저녁 아홉 시는 미팅 시간이었다. 잔나비띠인 국장은 술시가 가장 마음이 여린 시간대였다. 조직의 매출에 관해서 눈물을 흘리며 호소할 때도 있고, 했던 말을 반복하며 부탁하고 사정하기도 했다. 하지만 그 외의 시간은 철면피라고 불렸다. 두 얼굴을 모두 익힌 사원들은 국장의 그림자만 봐도 벌벌 떨었다. 국장이 서울 본사에 갔다 오는 날이면 비행기 폭발사고가 나길 기도했다. 전 사원이 합심해서 기도를 올렸지만 달라지는 건 없었다.

고객이 매장 안으로 들어온다. 고객이 매장 안을 한 바퀴

둘러보고 머뭇거릴 때는 구매의사가 절반은 있다는 것이다. 그때는 얼른 상담자리로 안내를 한다. 고객의 자리는 시계를 등지고 앉도록 한다. 상품 카달로그와 샘플을 보여주며 친절하게 상담을 한다. 고객과 사용자가 동일한지를 묻고 사용자의 정보에 따른 상품을 소개한다. 비싸고, 좋은 제품을 먼저 소개한다. 제품 사용 후 좋아진 사례들을 열거한다. 유명인들의 사례는 판매에 가장 빠른 길잡이가 된다. 상담은 삼십 분이 넘지 않도록 한다. 같은 말을 반복하게 하거나 개인의 하소연을 들어주며 수다로 번질 때는 상담 실패로 가는 길이라는 걸 염두해둔다. 카드는 무이자 육 개월과 일 년을 유도하고 할인 혜택과 사은품 증정으로 상품을 더 구매하도록 부추긴다. 카드 결제 후 모든 책임은 고객에게 있다는 걸 마음속으로 연속 세 번 외친다. 과도한 충동구매를 한 고객에게 미안함과 쓸데없는 죄책감을 버린다. 환불에 관한 것은 고객과 본사와의 처리로 넘긴다.

오늘의 횡재를 모두 주임과 국장에게 보고하는 것은 어리석다. 매출전표를 감추고 죽는 시늉을 해야 한다. 많은 매출전표를 떠벌리면 다음 할당량이 많아진다. 간과 쓸개를 빼먹어버릴 조직. 매출전표는 밧줄이다. 살아남기 위한 동아줄에 기름칠할 필요가 없다. 아침 조회 시간에 튀지 않는 옷을 입고 아줌마처럼 무식하게 보여야 살아남는다. 가진 자의 여유를 보이면 조직은 뒤를 캐기 시작한다. 누구에게도 매출을 떠벌려선 안 된다. 동료를 믿었다간 저녁에 바로 노출이 된다. 술자리도 조심해야 한다. 모두가 적이자 피를 마시려 드는 혈귀니까. 부드러움과 불쌍함에 마음을 뺏겨선 안 된다.

상담리스트에 오늘 구매를 하고 나간 상담자의 신상을 적는다. 카드번호와 유효기간도 적는다. 카드를 꺼낼 필요 없이 재구매가 되도록 한 달에 한 번씩 전화로 안부를 물어야 한다.

국장은 밤을 사랑했다. 밤에 일을 하는 것을 즐겼으므로 자정까지 매출 보고를 하라고 지시를 내렸다. 눈이 오는 십이 월 삼십일 일 자정은 전 사원이 사무실로 들어와 전화기를 붙들고 있어야 했다. 새해를 알리는 카운트다운을 제야의 종소리로 듣는 건 꿈도 못 꿀 일이었다. 사무실에 잡아둔다고 없던 매출이 생길까마는 희한하게도 매출은 초과 달성되었다. 자정이 지나 하나둘 퇴근을 하며 각자의 자동차로 돌아갔다. 새해의 첫눈을 맞으며 어딘가로 가서 술을 마시자는 사원은 없었다. 귀가를 하면서 필시 차 안에서 눈물을 쏟고 있을 게 분명했다. 뭐하자는 짓인지. 내가 지금 사람인가 혈귀인가 자신을 학대하며 서러워 울 게 뻔했다.

"그 누구도 잠들지 말라. 그 누구도 퇴근하지 말라."

국장은 마이크로 떠들었다. 사원들은 어디론가 전화를 해야 했고, 가짜 매출 계약서라도 작성해야 했다. 자신의 카드로 결제를 하고서라도 일단 연도마감을 해야만 했다. 뒤처리는 새해가 밝아오면 해야 했다. 자신의 카드가 한도 초과이면 집에 전화를 걸어 남편과 언니와 어머니라도 붙들어야 했다. 매달리고 애원하고, 반 협박을 해야만 했다. 그러나 아무도 창문을 열고 투신하는 사람은 없었다. 그러니 국장은 밤의 여왕답게 사무실 안에서 매출을 짜낼 수 있었다.

국장은 전국 1위 달성이라는 매출 보고로 신년 인사를 대신했다. 떡과 과일을 각 팀의 책상 위에 차려놓은 주임들은 정장 차림을 했다. 초과 달성을 할 거라면 그렇게 닦달할 게 뭐 있겠나 싶은 사원들은 아무 말이 없었다. 누구 하나 그만두겠다는 소리도 못 하면서 새해 첫날 아침 조회에 나와 앉았다. 빚더미에 앉은 사원들은 올해는 어떻게 카드빚을 갚고, 가짜 매출을 진짜로 바꿀 것인지 생각하느라 앞이 캄캄했다.

단칸방에서 아이들을 키우며 작은 책방을 열었던 여자는 지인의 소개로 사원이 되었다. 아이들이 커가자 돈을 더 벌어볼 욕심으로 화장품과 여성용품들을 판매하는 점포를 차렸다. 가맹점비 무료에 월 오백만 원 보장이라는 말에 속아 열심히도 다녔다. 매출도 꽤 했다. 지인들과 친척들을 만나고 사은품을 주면서 매출을 했지만 결국 카드빚 더미에 갇히고 말았다. 남편은 건축 현장에서 잡일을 하는 순수한 남자였다. 여자의 일 년 동안의 모습을 지켜본 남편은 점포를 정리할 것을 조용히 말했다. 다단계 회사가 분명하다고 말했지만, 여자는 아니라고 우겼다. 이 년째 연도 마감을 겪은 여자는 그제야 점포를 정리하겠다고 회사에 말했다. 회사는 마지막 한 방울까지 피를 뽑아내려는 듯 그녀에게 매출과 재고 물건에 관한 변상을 요구했다. 유사 점포를 차리면 불법이라고 엄포를 놓기도 했다. 그녀는 남편의 배려로 모든 걸 놓을 수 있었다. 다시 작은 책방을 차리고 책을 읽는 그녀에게 남편이 말했다.

"이제야 당신다워졌어. 당신은 낮이 어울리는 사람이야."

여자는 아이들과 남편에게 돌아왔다. 사치와 허영, 부끄러움과 정 그리고 의리 따위로 인간의 심리를 흔들던 국장을 다시 생각해보았다. 여자에게 모두 있던 다섯 가지는 밤의 여왕이 낳은 딸들처럼 보였다. 국장은 과연 부자가 되었을까?

*

유도선수들의 귀는 만두귀라 불린다. 귓바퀴의 주름과 접힌 형태가 만두처럼 보이기 때문이다. 상대 선수와 부딪히거나, 매트에 부딪힐 때마다 외상으로 인한 혈종이 고여서 딱딱하게 굳어져 된 것이다. 훈장이 될 수도 있지만 이어폰을 끼지 못한다. 머리카락으로 가리지 않는다면 금세 귀로 시선이 몰리고 만다. 반팔티를 입은 그들은 근육으로 팔이 소매의 둘레에 꽉 낀다. 그들은 끊임없이 부딪히고 넘어지면서 몸을 단련시킨다. 그들은 국가대표로 발탁되기 위한 생존을 위해 부딪친다. 천 번이라도 천만 번이라도.

국장의 아침 조회 연설은 오 분에서 십 분을 넘지 않았다. 하지만 어디서 그런 명언들을 발췌하는지 놀라울 지경이었다. 신입들은 국장의 말 한마디에도 감동했다. 수입을 위한 살인 병기가 될 수 있다면 천만 번이라도 부딪힐 준비가 되었다며 박수를 힘껏 쳤다.

"국장님, 계좌가 지급거래 정지되었어요."

경리는 국장에게 업무보고를 했다. 국장은 간밤에 입금된 매출금액과 해외 계좌로 송금된 금액을 맞춰놓고 퇴근한 경리가 아침 9시에 발생한 일에 대한 보고를 받는 것이었다. 누군가 은행 문이 열리자마자 지급정지를 시킨 것이었다. 천만 번이라도 사건은 터지기 마련인 조직이라 국장은 미간을 약간

찌푸릴 뿐이었다.

"잔액은 얼마 남았는가?"

"육백만 원입니다."

"다른 계좌로 다 옮기고 남은 금액인가?"

"네."

"최종 입금자는?"

"입사한 지 삼 개월 된 신입입니다."

"내 방으로 호출하세요."

신입은 스물셋이었다. 대학교를 중퇴하고 사업을 하겠다고 부모를 졸랐다고 했다.

"미스터 박?"

"네, 국장님."

국장은 박을 데리고 국장실의 다른 방으로 들어갔다. 한참 계단을 내려가자 벙커가 나왔다. 국장은 뱀이 우글거리는 자루를 들고 밑에서 현금다발을 꺼냈다. 국장은 현금을 들고 박 앞에서 흔들어 보였다. 박이 파랗게 질려서 국장을 쳐다보았다. 그러자 국장은 웃으며 그를 데리고 나왔다.

"나는 여섯 살 때부터 요정에서 일을 했지. 부모가 나를 팔았거든. 그때부터 나는 가족이 없었어. 신도 그때 죽었지. 나를 위한 모든 것이 사라졌어. 그때부터 내가 믿고 의지하는 것은 오직 돈이야. 돈이 내겐 신이자 가족이지. 그리고 애인이야. 나는 돈을 사랑해. 그래서 나의 돈을 다치게 하는 자를 가만둘 수 없어. 왜 나의 통장이 지급거래 정지가 되었을까?"

"잘못했습니다. 살려주십시오."

"난, 어떠한 이유로든 내 계좌로 들어온 돈은 다시 돌려주지 않아. 나의 사랑을 받으려고 들어온 돈이니 내가 거두어들여야지. 물론 신체의 일부로 해결할 생각은 하지 마. 손가락을 자른다든가, 성기를 자른다든가 하는 짓 따윈 하지 않아. 쓸모없는 것이잖아. 장기면 모를까. 그래, 내게 장기를 하나 줘야겠어. 얼마니? 얼마나 흉한 돈을 내 계좌로 넣은 거니?"

"구백입니다."

"그래? 이자까지 하면 구구 팔십일이니까 팔천 일백만 원어치 장기를 떼야겠어. 내일 병원으로 갈 거니까 그리 알고. 도망가 봤자 보이스피싱으로 걸리면 감옥 가야 하는 거 알지? 장기가 깔끔하잖아? 아직 앞날이 창창한데. 빨간 줄 올라가면 앞으로의 인생이 웃기잖아. 부모님이 사랑하는 아들인데. 그치?"

신입은 국장의 귀를 쳐다보았다. 배가 고파서인지 국장의 귀가 보이지 않았다.

근친주의

근친주의

젬마의 이야기

젬마는 예쁘고 똑똑하며 걱정 없이 살아왔다. 그를 만나기 전까지는 말이다. 마을에 젊고 돈 많은 남자가 이사를 오면 여자들은 잔뜩 가슴을 부풀렸다. 어깨에 뽕을 매단 남자들은 그와 어울려 다니면서 마을 처녀들의 정보를 알려주는 척하며 그의 환심을 사는 데 주력했다. 여자들은 물려받을 유산이 많은 젊은 남자를 마다할 이유가 없었다. 그녀들은 여자의 특권인 유혹하는 기술을 익히며 기회를 노렸다. 그와 만나는 접경이 생겨나기를. 그래서 마을의 축제는 매우 중요했다. 남자와 여자의 만남의 기회이자, 사교의 기회를 쾌활한 남자라면 마다하지 않았다. 여자들은 우아한 포즈와 아름다움을 뽐내기 위해 몸치장과 걸음걸이 연습을 게을리하지 않았다. 돈이 많은 남자라면 애정이 없어도 기꺼이 결혼 상대가 될 수 있었다. 평생 가난 속에서 자기를 기만하며 살지 않아도 되었으니 여자들은 필사적으로 결혼을 하려 들었다. 반면, 애정만 있고 부양해야 할 가족이 딸린 남자는 결국 가난 앞에서 모순된 진실과 마주할 수밖에 없었다. 애정이란 가난한 결혼 생활 속에서 서로를 미워하고 원망하게 만드는 모순을 지녔기 때문이다. 현명한 여자들은 예쁘게 치장하고, 끈질기게 인내하며 남자를 유혹하는 기술을 가지면 대부분 쉽게 결혼이 성사되었다. 여자가 너무 똑똑한 걸 참지 못해서 드러내면 좋아할 남자들은 없을 테니 머리는 적당히 좋으면 되었다. 자기가 원하는 게 돈과 편안한 가정생활이 아니라 내면의 열정과 개성을 밖으로 드러내는 재능이라면 결혼 생활이 몹시 골칫덩어리가 되었다. 중세 시대에 있을 법한 이야기라고? 천만의 말씀. 남자와 여자가 사랑을 하면 벌어지는 불변의 진리라는 걸 여러분도 곧 알게 될 것이다. 아직 결혼을 하지 않은 젊은 남녀라면 젬마의 이야기에 관심을 가지길 바란다.

젬마에게 있는 허영이라면 불행하게도 자신의 아름다움을 가꾸는 데 있지 않았다. 젬마는 자신의 재능에 대한 허영이 좀 지나쳤다. 남자보다 우월감을 느낄 수 있을 만큼 그녀에게는 지적 허영심이 걸림돌이 되었다. 마을에서 가장 아름다운데 말이다. 지적 허영심에 허기를 느끼는 치명적인 단점이라니. 다행하게도 젬마의 여동생은 일찍이 군인과 사랑에 빠졌다. 약혼한 남자가 전역을 하자마자 그녀는 결혼식을 올릴 것이다. 고무신을 거꾸로 신을 일은 없었다. 군화를 거꾸로 신을 일도 없었다. 두 사람은 적당히 사랑할 즘 떨어졌으니 말이다. 부모가 두 사람을 너무 이른 나이에 약혼을 시켰던 건 타협점이 없었기 때문이었다. 갓 스물을 넘긴 그들의 불타는 사랑과 무모함은 위험했기 때문이다.

　젬마는 장녀가 먼저 결혼을 해야 한다는 고정관념을 살짝 두려워했다. 여동생이 먼저 결혼을 하면 영원히 노처녀가 될 것이라는 저주가 걱정되긴 했지만, 연애나 결혼에 관심을 두기엔 불같은 무언가가 일어나지 않았다. 첫눈에 반했다든가. 그런 미신이 생기길 바랐다.

젬마의 이야기 계속

　경력 단절녀는 노처녀이지만 커리어우먼인 친구를 만나면

결혼을 하지 말라고 떠든다. 남편 흉과 자식 흉과 시댁 흉을 하면서 위협한다. 자신들이 전투를 벌이는 군인이거나 영웅쯤 되는 것처럼 결혼 생활에서 벌어지는 이야기들을 해댄다. 과장과 판타지와 호러를 적당히 섞은 대하드라마 버전으로 자신의 지극히 평범한 일상을 각색한다. 막장 드라마처럼 뻔한 스토리인데도 꼬리에 꼬리를 무는 사건이 계속된다. 이에 질세라 커리어우먼도 자신의 사회생활을 약육강식과 먹이사슬에 비유하며 이에 맞선다. 피해를 보는 건 언제나 그녀들 앞에 앉아있는 디아스포라, 즉 결혼과 독신의 접경에 사는 이들이다. 두 마음과 두 가지의 상태를 다 지닌 (변변치 못한 직장을 다니면서 쥐꼬리만 한 월급을 받고 있으면서 오래된 연애의 정체기에 놓인 그녀들) 널뛰기하듯 오락가락한 마음을 좀체로 잡을 수 없다. 그녀들을 양쪽에서 잡아끄는 경력단절녀의 전업주부 생활과 벌써 팀장이 되어 고수익을 벌어들이는 커리어우먼의 일상은 팔랑귀를 팽팽하게 당긴다.

"노마드처럼 살면 안 되니? 결혼과 일을 동시에 하면서 적당히 유목하는 생활은 어떨까? 분란 없이 잘 처신하려면 머리를 써야 하니까 오히려 정신건강에도 좋을 듯한데 말이지."

젬마는 그녀들에게 한마디를 보탰다. 양쪽에서 손가락질이 날아들었다.

"한 가지도 제대로 하기 어려운 세상이야. 이건 소설이 아니라고. 실전이야. 실전."

수다 없이는 충전이 안 되는 듯 수다를 부지런히 떨다가 그녀들은 제자리로 돌아갔다. 달라지는 건 없었다. 남편이랑 죽네 사네 하면서도 잘만 살았다. 혼자라서 외롭네 어쩌네 해도 잘만 승진하고 재테크를 했다. 팔랑귀들만 초라해지는 얼굴을 하고는 늘어난 뱃살과 기미를 한탄했다.

"명 짧고 돈 많은 남자를 잘 선택해서 살면 어떨까 싶어. 사랑 같은 건 2년도 못 가서 개나 줘버리거든. 이럴 줄 알았으면 돈을 택할 텐데. 잘생긴 남자도 결혼을 하고 나면 아무데서나 방귀를 뀌고, 트림을 하지. 십 년도 못 돼서 머리가 벗겨지고 배가 나오는 아저씨가 되어버리는 거야. 곧 노인네가 될 것이고 말이야. 그런데 남편이 모아둔 돈도 없고 물려받을 재산도 없다면 얼마나 끔찍한 일이니. 콩깍지, 그거 정말 위험한 신호야. 여자의 인생 망치는 징조이지. 젬마, 너 그거 조심해라. 노처녀에게도 콩깍지는 생기는 법이야. 반대로 말이야. 돈 많은 노처녀를 노리는 남자도 있다는 걸 명심해. 혹시, 어린 남자가 네 재산을 노리고 달려들지 모르니 철저하게 뒷조사를 해야 해. 설마, 아직도 너의 미모와 처녀라는 타이틀에 도취된 사랑 따위를 운운하는 남자가 있기를 바라는 건 아닐 테지?"

친구들은 나이가 들수록 젬마에게 못되게 굴었다. 가능성이 남아있는 친구 하나를 아직도 실험 대상으로 삼고 있는 여자 친구들이었다. 그래서 남자 친구들이 편하다니까.

젬마의 이야기 계속

칠월은 단연코 하늘이 예뻤다. 날씨는 그야말로 열대성 기후라 숨이 턱 막히는데 거침없는 파란 하늘에 하얀 구름이 가볍게 스친 풍경이라니 말이다. 시원한 에어컨 바람을 맞으며 바라보는 창밖은 한 폭의 명화 같다. 아찔한 폭염 속 한낮은 아름다움 그 자체였다. 바람의 빛깔이 야자수 나뭇잎을 쓸며 속삭였다. 마음의 청소기 같은 바람이 무한한 생각을 가진 바다를 닮은 하늘에다 대고 존재하지만 잡히지 않는 꿈을 그려대고 있다. 바위처럼 단단한 젬마의 시작과 끝에다 대고 이제는 자신을 옭아맨 이곳의 생활과 무거워진 마음을 참지 말고 놔버리라고 빗줄기라도 퍼부을 듯했다. 하지만 그 어디에도 빗방울이 내릴 기미가 보이지 않아 한숨이 나왔다. 지난 크리스마스 때 내리던 눈이 떠올랐다. 모든 잡생각을 덮어버리는 이불 같은 눈. 칠월에 눈이 내릴 이유가 없으니 참 부질없는 바람이었다.

커피향이 나는 빵을 커피와 먹으면서도 아이스 아메리카노를 즐기지 않았다. 여름에도 커피는 뜨거워야지. 젬마의 커피 취향이 그랬다. 고지식한 커피 취향이지만 식어버린 커피에 뜨거운 물을 붓지 않고 단숨에 마시는 것도 젬마에겐 가능했다. 스스로 게으른 것을 탓하지 않았다. 빈틈없는 사람보다 쉼표가 많은 사람이 능률적이고 탄력적으로 일한다는 것을 알고 있기 때문이다. 자유로움과 조화로움을 적당히 갖고 있는 사람이 극단적인 방법을 택하여 일을 그르치지 않는다는 것을 젬마는 잊지 않았다. 정신질환을 가진 사람처럼 예민하게 굴다가도 모든 걸 놓아버리는 자신의 이중적인 성격을 어쩌지 못해 왔다. 게을러질 때는 몸이 얼어붙은 듯 아무것도 할 수가 없다. 하지만 민첩할 때는 뇌에서 세포들이 움직이는 소리가 들릴 정도다. 잠을 자면서도 뇌가 돌아가는 소리에 깨곤 했다. 그런 날은 몇 분 단위로 쪼개어 미뤄둔 일들을 해치우기도 했다. 그러고도 에너지가 넘쳐서 집 안을 돌아다녔다. 자동차를 몰고 섬을 헤집고 다니기도 했다. 결핍을 느끼는 것이다. 삶의 결핍과 영혼의 목마름이 젬마를 잠시도 가만히 놓아주지 않아서 분주함에 열정을 소진하는 것이었다. 무엇으로도 채우지 못하는 목마름은 식욕에 관한 것이거나 보통의 여자들이 갖는 장신구와 옷 따위가 아니었다. 영혼의 굶주림으로 오는 허기는 젬마를 뒤척이게 했다.

호수가 있는 바다에서 젬마는 단물과 짠물의 경계 지점에 놓인 돌다리에 서 있다. 넓고 넓은 대양을 향해 펼쳐진 바다에선 위대한 인물들이 손짓하는 듯했다. 바다를 볼 때마다 모든 것이 잘 될 느낌이 들었다. 한쪽 발은 호수에 다른 한쪽 발은 바다에 담근 젬마. 젬마는 지금 몹시도 위대한 대양으로 항해하고 싶은 심정이었다. 결혼과 직업이 아닌 자유로운 유영으로 대양 속을 헤엄치고 싶었다.

과연 잘 해낼 수 있을까. 젬마의 작은 두려움과 커다란 떨림은 늘 설렘의 에너지를 만들며 지금까지의 젬마를 만들어왔다. 앞으로도 더 잘 해낼 수 있을까.

젬마의 이야기 계속

노엘의 문자를 보고 젬마는 피식 웃다가 화가 치밀었다. 두 시간만 만나도 짜증이 밀려오는 노엘이었다. 그와의 2년 동안은 그래도 만나 줄만 했다고 기억한다. 예의를 지키며 자신을 드러내지 않았으니까. 콩깍지의 시간은 남자도 참 매력적이라는 생각이 들게 했다. 하지만 이 년이 지나자마자 그는 자신의 본래 성격을 드러냈다.

젬마와 약속한 장소에는 낯선 남자들이 노엘과 함께 있었다. 당황한 젬마에게 노엘은 자신이 요즘 만나는 친구들이라고 했다. 은행원과 자영업을 하는 친구가 먼저 밝게 웃어 보였다. 회계사라는 친구는 좀 깐깐해 보이는 인상이지만 은테 안경 속의 검은 눈동자가 믿을 만해 보였다. 하지만 젬마에게 자신의 친구들과 함께 만나자는 정보를 주지도 않은 채 그들을 데리고 온 노엘의 행동에 불쾌했다. 그들은 점잖게 맥주와 음식들을 시키고는 젬마에게 몇 마디 인사치레의 말을 건넸다. 가령, 미인이시군요, 패션 감각이 좋으시네요. 따위의 평범한 여자들에게 환심을 살 정도의 몇 마디였다. 그들은 곧이어 자신들의 이야기들로 대화를 이끌어갔다. 술집을 두 곳 더 돌고 나서 헤어질 때까지 그들은 젬마의 존재감을 잊은 듯 저희끼리 히히거리고 꼬리에 꼬리를 무는 언쟁들로 시간을 연장했다. 젬마는 보조 배터리처럼 혹은 노엘에게 술 따르는 여종업원처럼 전락하고 말았다. 젬마가 대화를 주도할 틈을 주지 않았고, 그런 배려를 줄 이유가 없다는 듯 노엘은 권위적으로 친구들을 대했다. 젬마의 눈에는 노엘의 행동이 값싼 권위를 몹시 부려보고 싶었던 열등한 을의 행동처럼 보였다.

    젬마는 노엘이 친구들에게 자신의 여자친구를 자랑하고
싶었다는 걸 알고 있었다. 하지만 그런 식으로 여자친구를 보
여준다는 것은 젬마에겐 어울리지 않는 남자친구란 의미도 되
었다. 집으로 돌아오자마자 젬마는 노엘에게 그만 만나자고
했다. 노엘은 자신이 왜 차였는지 모르는 눈치였다. 석 달, 여
섯 달, 이 년이 흘렀는데, 아직도 새벽에 문자를 보내는 걸 보
면 노엘은 좋은 여자를 만나긴 글렀다.

    젬마는 여자를 보여주기식인 장식품이나 사치품으로 데리
고 다니는 남자들을 경멸했다. 값싼 여자들에게 어울리는 남
자들일 뿐이었다. 대화의 동등한 주체가 될 수 없는 남녀 사이
란 오래 갈 수 없는 사이다. 콩깍지가 떨어져나갈 때, 노엘의
행동은 오히려 젬마에겐 좋은 타이밍이었다. 싫증을 금방 느
끼는 젬마가 노엘과 더 사귀어야 할지 고민할 필요가 없도록
스스로 나가떨어진 셈이었다. 젬마는 남자에 관해선 미련이
없었다. 시간을 두고 더 탐색할 여지를 갖지 않았다. 세상엔
깔린 게 남자들이었다. 업그레이드된 남자들은 차고 넘쳤다.
한 남자에게 구속이 되면 다른 기회를 놓치는 셈이었다. 젬마
는 자신이 볼품없고 인기 없는 여자가 아니라는 확신과 자신
감을 항상 가지고 있었다. 그녀 자신을 업그레이드하는 것을
게을리하지도 않았다. 여자 친구들은 그런 젬마에게 남자들

은 모두 똑같다고 훈수를 두지만, 저들도 그런 일로 다투고 헤어지다가 다시 만나는 눈치였다. 결혼을 해도 고쳐지지 않는 남자의 행동에 그녀들은 무기력해져 갔다. 젬마에게 차이고도 매달리는 남자들을 볼 때마다 그녀들은 젬마를 은근히 부러워하기 시작했다.

젬마의 이야기 계속

젬마에게 씻을 수 없는 상처가 있다는 것도 밝혀두어야겠다. 젬마의 가슴속에서 사랑과 연모로 남았던 그는 다빈치가 그린 예수의 얼굴에서 유다의 얼굴을 가진 남자가 되어버렸다. 젬마는 그가 알아볼까 봐 마스크와 선글라스, 챙이 넓은 모자로 얼굴을 가리고 수목원을 걸었다.

젬마의 아침 산책은 언제나 수목원이었다. 아침 일곱 시를 기점으로 한 시간 당겨지거나 뒤로 밀려졌지만 크게 상관할 일은 아니었다. 그녀의 기상시간은 오전 다섯 시였다. 알람이 울리면 그녀는 다섯 시부터 의식이 깨어있어서 찬물을 먼저 마시고는 집 안을 돌아다녔다. 사계절의 날씨에 따라 산책 시간을 변경하기도 했다. 겨울에는 오전 열한 시가 산책하기에 적당했다. 여름엔 오전 다섯 시부터 산책을 하기도 했다. 대체로 시간과 장소를 변경하지는 않았다. 늘 가던 장소에서 여름 빗방울과 겨울 눈송이를 맞이했다.

젬마의 산책 장소와 시간이 일정하기에, 그녀의 눈에 들어오는 사람들도 대부분 비슷했다. 몇 년을 두고 조깅하는 남자는 그새 종아리에 살이 빠지고 제법 뛰는 폼이 안정적이었다. 노루 한 쌍이 연두색 잎을 뜯어 먹으며 지나가는 사람들을 두려워하지 않았다. 가끔 발에 밟힐까 두려운 사슴벌레가 등장하여 끔쩍도 하지 않는 때가 있다. 그런데 그가 그녀의 장소에서 산책을 하는 모습이 발견되었다. 분명 그는 이곳에 사는 사람이 아닌데도, 그였다. 처음엔 너무 닮은 사람이라고 생각했다. 작은 키와 마른 어깨와 삼각형의 짙은 눈썹이며 걸음새도 똑같았다. 하지만 표정이 일그러지고, 깊은 주름들이 얼굴을 덮고 있었다. 몹시 화가 나고 아픈 사람처럼 보였다.

젬마는 눈을 의심하면서도 그의 뒷모습을 따라 걷기도 했다. 옆을 지나치기도 했다. 말을 걸어볼까 싶다가도 다른 사람을 착각한 것이라면 낭패란 생각에 그만두었다. 조금 설레기도 하고, 조금 섭섭하기도 하면서 그를 발견하는 아침 산책을 은근히 기다리기도 했다. 그렇지만 아무리 보아도 인상은 젬마가 아는 그의 인상이 아니었다. 그의 찌그러진 얼굴은 한 달

가까이 보아도 퍼지지 않았다. 수목원의 푸르른 잎사귀가 장마로 연신 빗방울에 젖으며 자라는데도, 그의 얼굴은 먹구름으로 덮여 우중충하고 습했다. 고온다습의 불쾌 지수만 남은 그의 얼굴에 대고 인사를 건넬 수도 없었다. 젬마는 마스크와 모자를 벗지 않았다. 그리고 그의 뒷그림자를 밟으며 마음을 단련하기로 했다. 그를 이젠 잊을 수도 있겠다.

젬마와 인연이라면 그도 젬마를 알아보았을 것이다. 마스크로 얼굴을 가리고 모자를 눌러 썼다 해도 말이다. 분명 그는 젬마를 염두에 두지 않고 있는 게 확실했다. 점점 젬마는 체념에 가까운 상태가 되고 말았다. 그리고 유령처럼 그도 자신과 아무런 상관이 없는 사람이 되기를 바라며, 그를 바라보는 걸 두려워하지 않았다. 한때는 그가 젬마의 모든 세계였는데, 아무런 세계도 아닐 수도 있다니. 그리고 보면 세상엔 절대적이라는 게 없는 듯했다. 그의 작품이 이젠 시시해지기까지 했다. 위대한 인물이라고 생각하며 숭배했던 그와 그의 작품을 비로소 현실적으로 바라볼 수 있게 되었다. 젬마는 서재에 있는 그의 책들을 모조리 불살라버렸다. 한정판으로 사 모았던 책들이 재로 변했다. 젬마는 가슴에 맺힌 응어리가 풀린 듯 시원했다. 이제 젬마는 그의 작품을 모방하지 않고, 자신만의 작품을 쓸 수 있을 것 같다. 자신의 이야기를 자신의 필체로 완성할

용기가 생겼다. 이렇게 단련이란 시련을 동반하지만 상처를 치유하는 데 효과적이다.

젬마의 이야기 계속

나무는 곧 불이다. 불이 활활 탄다. 마법사는 곧 바람이다. 나무가 마법사를 만나면 불길이 사방으로 번진다. 남들이 안 된다는 것도 그녀의 손길만 타면 삽시간에 흥한다. 그녀의 불길은 탈 없이 깔끔하게 검객의 칼끝을 닮았다. 다만, 옛정에 감정이 흔들려서 두 가지 일을 한다면 집중하는 데 방해가 되리니. 황제가 든 동전 두 개를 조심하라. 하나의 동전만 따라가야 한다. 두 개의 동전 앞에서 무얼 망설이는가. 돈과 러버 중에 러버를 따라가라. 마음이 끌리는 동전을 잡아라. 그대의 뮤즈가 되리니.

젬마는 눈을 번쩍 뜨면서 깨어났다. 아직도 그녀 주위로 푸른 눈동자만 떠돌았다. 푸른 눈동자가 검은 밤 속에 있다. 그녀의 가슴에서 시작된 푸른 눈동자가 별처럼 빛났다가 이내 섬이 되어 바다 위에 떠있었다. 푸른 별과 푸른 섬. 젬마를 깨우는 불과 바람이 일었다. 초원에 누운 그녀는 곧 바다 위에 누웠다. 목소리만 남은 허공 속으로 그녀는 불이 되어 번졌다. 그리고 꿈에서 깨어났다.

그녀의 의식은 아직도 혼돈을 벗어나지 못해서인지 같은 예언의 목소리만 반복해서 꿈속에서 들려온다. 현실 속에서 안정적인 생활에 빠지지 말라는 경고처럼 들린다. 그녀가 가고자 했던 길을 가라고 지체하는 그녀를 자꾸 깨우는 목소리. 현실을 부정하고 미래를 찾으라는 목소리의 실체는 무엇일까. 기름진 음식이 독이 되듯이 생활의 안정은 예술가에겐 치명적인 독이다. 게으름과 무기력함으로 자신을 몰아넣을 것이다. 동굴 밖으로 나가야만 한다. 안락한 새장 밖으로 나가 하늘을 날고 바람에 저항하는 감각을 잊지 말아야 한다. 퇴화되면 끝장이다. 날개를 가졌어도 뒤뚱뒤뚱 걸어다니며 지렁이를 쪼아 먹는 닭이 될 수 있으니까.

독수리라는 것을 잊지 말아야 한다. 철새라는 걸 잊지 말아야 한다. 산정 높이 올라가 지상을 바라보던 눈동자와 부리 그리고 발톱을 잊지 말아야 한다. 월급이 사람들의 창의력을 좀먹는 것처럼 동굴 같은 집콕이 야생의 감각을 퇴화시키는 주범이라는 걸 잊어선 안 된다. 재택근무가 늘면서 사람들의 체형이 변하고 있다. 몸통이 팽이처럼 변하고 있다. 의자에 앉아서 근무를 하고 밥을 먹고 잠을 자는 재택근무가 시작되자 일주일 내내 집 안에서만 생활하는 사람들이 늘어났다. 체형은 곧 그들의 생활패턴이 되었다.

젬마는 산책을 하고 드라이브를 하고 쇼핑을 했다. 인터넷으로 클릭 한 번이면 될 것을 기어이 장거리 운전을 하고 북적대는 계산대로 들어갔다. 감각이란 쓰지 않으면 금방 퇴화되어 못 쓰게 된다. 젊은데도 폭삭 늙어버린 사람들처럼. 뮤즈 없이도 월급을 받는 예술가들의 낙서를 보면 알 수 있다. 금방 휴지가 될 예술품.

악기의 이야기

목단파 붉은 교주는 모성애의 캐릭터에 쏟을 시간을 작업에 쏟았다. 교주는 되물림되는 게 아니라서 아이들은 일찍 출가해야만 했다. 스무 살이 지나면 더 이상 돌봄이 필요하지 않은 아이들은 제 갈 길로 떠났지만 조직의 조직원들은 그러지 못했다. 번번이 후임들은 백발마녀나 동방불패처럼 패러디에 능했지만 진짜가 아니므로 실패했다. 뒤처리를 하지 못하는 조직은 언제나 그녀에게 교주 자리를 내주어야만 했다. 그녀의 손가락에서 튕겨진 물방울과 붉은 실뭉치들이 독바늘에 매달려 악당들에게 날아갔다. 그녀의 날카로운 송곳니와 줄지 않는 수명으로 남의 피를 빠는 입술들이 모두 꿰매졌다. 한때의 패닉 상태를 그녀의 주변에서 부르는 말로 하자면 상사병이라고 하던데.

악기는 악귀라고 부르는 사람들에게 피리를 부는 시늉을 했다. 하지만 그녀의 이름은 백악기를 줄여 만든 이름이다.

백악기는 지층이 특징적인 백악(chalk)으로 이루어져 있으므로 명명된 것이다. 동물계에서는 암모나이트가 뚜렷하게 번영을 누렸고, 대형유공충도 번성하였다. 공룡도 크게 발전하였고, 식물계에서는 백악기 중엽에 큰 변혁이 일어나서 백악기 전기까지 번성한 겉씨식물 대신 후기부터는 속씨식물의 쌍떡잎류가 우세하게 되었다. 큰 해침(海浸)이 일어난 시대이지만, 그 시대 말 또는 그 직후에는 전세계적으로 해퇴(海退)가 일어났다. 라고 사전에 명시되어 있다. 영화는 쥐라기 시대를 찍은 게 유명하지만 어째서인지 아빠는 딸의 이름을 악기라고 지어주었다. 음을 낼 수 있는 악기와도 연관된 음모가 있었을 법하지만, 아빠는 백악기라고 우겼다.

악귀라고 부르는 이들이 더 많았다. 백악기라고 하면 다들 뜨악한 표정을 지었다. 공룡? 그래 공룡처럼 니가 힘이 좀 세

긴 하지. 라는 식으로 이름 다음의 놀림 순서는 패턴이 같았다. 악기를 만나는 사람마다 이름의 뜻을 묻는 사람이 대부분이었다. 신기하게도 이름을 가지고 이야기를 나누다 보면 다들 유쾌한 아재개그를 나눈 사람들처럼 긴장을 풀었다. 하지만 악기의 보수적이고 고집스런 면을 알게 되면 다시 긴장을 놓치지 않았다. 악기는 자신이 그은 선을 넘어오는 것에 매우 예민했다.

악귀의 아들 둘은 성인이 된 아들과 곧 성인이 될 아들이 있다. 그녀는 첫째 아들을 사랑하는 게 아니라 증오한다는 것을 알게 되었다. 천륜이라는 인연은 참으로 무서운 인연이었다. 부부간에는 이혼을 하면 끝이 나지만 부모와 자식 간에는 이혼제도 같은 게 없다. 그러니 영원한 족쇄로 서로를 옭아맨다. 참 무서운 인연이 천륜이 아닐까 싶다. 자식은 늙은 부모에게 손을 벌리고, 학대하면서도 사회적 비난으로부터 자유롭다. 어떻게 은폐되는가에 따라서 말이다. 부모가 가진 재산을 노린다. 하지만 부모는 자식의 죗값을 치러주거나 평생 노예처럼 살면서 벌어들인 재산을 날강도 같은 자식에게 빼앗긴다. 사회적 기부나 강도의 짓이 아니어서 경찰에게 호소할 수 없는, 속앓이하기 좋은 대상이 자식이다. 그런데도 사랑이라니 그건 위선이란 걸 그녀는 깨달았다.

"그래, 나는 아들을 사랑하는 게 아니야. 천륜이라서 자신을 평생 집 밖으로 버리지 않을 거라는 걸 알고 있었지. 그러니 방탕하고, 사치스러움에 지불할 비용을 위해서 엄마를 이용해왔던 거야. 대단한 일을 해본 적 없이 매일 잔머리와 번지르르한 화술로 말이야. 그런데도 나는 천륜이라는 족쇄에 갇혀 늘 봐주었지. 어쩌면 내가 잘못한 것인지도 몰라. 아들이 저렇게 된 것은 내 잘못인 거야. 이제라도 내 인생을 살아야지. 저 녀석은 나를 사랑한 것이 아니라 나를 이용하고 희롱한 거야."

그녀는 첫째 아들이 습관처럼 요구하는 말들을 떠올렸다. 끔찍했다. 모두 자신을 이용하고 희롱한 요구들뿐이었다. 사랑을 주는 부모와 사랑을 받기만 하는 자식은 문제가 있다. 성인이 되고도 정신을 차리지 못했다면, 가정교육이 제대로 되지 못했다는 걸 증명한다. 그래서 그녀는 백악기의 공룡처럼 아들을 광야로 내던지기로 했다. 늑대와 들짐승에게 살아남는 법을 배워서 온다면 교주의 다음 후임이 될 수 있겠지만, 그렇지 못한다면 악기가 지금까지 일궈놓은 모든 것을 붕괴시킬 쥐구멍들을 파놓을 쥐새끼가 분명했다. 조직원이 아니라 제 자식이 그렇게 한다면 엄마로서도 그렇고, 교주로서의 삶도 모래성인 것이다. 그녀는 한 달 후면 군대에서 전역할 첫째를 철저하게 성인으로 대해서 방관하리라 마음먹었다. 그녀를 사랑하지 않는 사람에게 자신의 자유와 명예와 재산을 준다는 것은 주는 게 아니라 빼앗기는 것이다. 집안 단속을 해야만 했다. 양치기소년이 큰 도둑이 되지 않으려면 말이다.

그녀는 집 주변의 땅을 사들였다. 섬랜드가 그녀의 오래된 미래였다. 그녀는 나이가 들어서도 쓸모 있는 사람이 되고 싶었다. 늙고 병이 들면 모두에게 짐이 되고 말 것이다. 자식들이 더 이상 찾지 않는 어머니가 될 수 있다. 치매라도 걸리면 암세포보다 무서운 원망덩어리가 될 수 있다. 지금이야 팔팔한데 무슨 걱정이 있겠는가. 하지만 늙고 병드는 것은 피할 수 없는 일이다. 차라리 깔끔하게 죽는다면 좋겠지만 어디 운명이 제 뜻대로 된단 말인가. 주변의 노인들을 바라보면 돈이 있는 게 그나마 덜 비참하겠다 싶다. 그녀는 뭍으로 나가 꿈을 펼치는 대신 섬 전체를 사 모으려는 꿈을 꾸었다. 꿈은 의외로 쉬웠다. 허튼 바람만 들지 않으면 되었다. 남자나 사랑에 굶주리지 않고, 오직 땅만 생각하며 살기로 했다. 지금은 쓸모없어도 젊으니까 어울려 놀고, 여기저기서 불러주는 것이다. 귀찮을 정도로 말이다. 하지만 젊음이 영원하지 않다는 사실만이 영원했다. 젊을 땐 누더기를 걸쳐도 예쁘고, 맨밥에 김치만 먹어도 힘이 펄펄 난다. 쓸데없이 예쁨주의보에 걸려 사치를 하거나 술과 고기로 위를 아프게 할 필요가 없다. 그녀는 같은 옷과 같은 식단으로 생활을 단련시켰다. 땅이 쌓이고, 돈이 쌓였다. 미래에도 쓸모 있는 사람이 되기 위해 현재의 찬란한 재능을 찬미하는 쪽으로 귀와 눈을 돌리지 않도록 애썼다. 말이 쉽지. 여러분은 이러한 생활이 금욕에 가까운 생활이란 걸 아는가. 젊은이에겐 너무나 힘든 고행이란 사실을 잊지 말아주길 바란다.

수동적인 삶이 아닌 능동적인 삶을 살려면 신을 부정하고 권력에 굽히지 않을 정도로 자신의 것들을 쌓아야 한다. 무리 지은 사회가 절대로 능동적인 삶을 사는 사람들을 가만두지 않기 때문이다. 그들은 자신들의 무리에 와서 쓸모 있는 일을 하라고 시스템을 만들어 놓고는 정년이 되기도 전에 버리고 만다. 자식도 그렇기는 마찬가지다. 쓸모란 결국 자신이 비참해지지 않기 위한 보험이라고 해도 좋다. 죽어서 돈을 쓸 수 없는 종신보험이 아니란 걸 명심해야 한다. 늙어서 찾아 쓸 수 있는 보험이란 걸 말이다. 목숨과도 같은 것이다.

앤디의 이야기

　누나는 자신의 이름을 부르지 못하게 했다. 이름을 부르고 싶지만 언제나 눈물이 공명통을 먼저 범람했다. 누나는 내 가족이 아니다.

　각시혼이 발이 뜬 채 먼 곳을 떠돌다 오는 밤, 누나는 내 귀 속에 혀를 집어넣는다. 누나의 이름을 혼잣말로 불러보면 누나는 처녀가 되어 내 입 속으로 들어온다. 투명한 피가 되어 내 몸 속을 돌아다니는 누나는 나의 현기증이자 만져지지 않는 실체이다. 몸 밖으로 쫓아내지 못하는 나의 새벽은 청회색이 되어 점점 퀭한 벌집이 되고 있다. 아직 순결한 내 몸이 싫어지는 새벽. 숫, 수컷이란 게 싫어져 이불을 말아 몸을 가둬본다. 차라리 이불이 되어 누나를 감고 싶다. 한낮은 누나를 잊기 위한 고된 일들로 감동 없이 나를 단련시킨다. 누나가 내 가족이라면 나는 누나에게 감동을 주기 위해 노동 따위로 내 영혼을 혹사시키지 않으리라. 하지만 누나는 나의 아내가 될 수 없다. 내 윗옷의 가슴께에는 누나의 이름을 박음질한 천 조각이 숨겨져 있다. 심장 가까이 이름을 두고 살지만 누나 앞에선 소리 내어 부를 수 없다. 누나는 나를 부르지만 나는 누나가 부르는 내 이름이 싫다. 누나에게 듣고 싶은 호명은 단 하나뿐이다.

앤디는 늘 시를 적는다. 그녀가 홍등과 습지를 돌다가 오는 새벽까지 기다리느라 잠을 쫓으며 글을 쓰는 모양이었다. 핏기 없는 얼굴에 얼룩진 화장을 지우지도 못하고 쓰러진 그녀는 앤디의 방문을 열어보지 않는다. 그대로 침대에 쓰러져 잠이 들면 그제야 앤디의 방에 불이 꺼졌다. 가끔 앤디가 자신의 방에 들어와 자신의 신발을 벗겨준다는 것을 알고 있다. 신발을 신은 채 침대에 누우면 발이 뜬 각시혼이 된다고 앤디는 말하곤 했다. 그녀는 방문에서 침대까지의 거리가 천길 같아서 발을 움직일 수 없었다. 긴장과 고단이 침대까지 그녀를 놓아주지 않았다. 한낮에 깨어난 그녀는 손을 들어 드라이기를 잡을 힘도 없어서 젖은 머리로 그냥 앉아있는 날도 있었다. 앤디는 그녀의 신발을 벗겨주거나 그녀의 뒷모습을 보며 머리카락을 말려주는 일을 했다. 앤디의 손끝이 그녀의 몸속을 뚫고 지나가는 모래바람처럼 모든 걸 녹아내리게 했다. 하지만 그녀는 뒤돌아보지 않았다. 앤디가 하는 대로 그냥 내버려두었다. 뒤를 돌아보는 순간 그녀는 앤디를 범할 것이다. 앤디를 누구보다 원하니까 말이다. 하지만 앤디가 사라질까 봐 그럴 수 없었다. 그래선 안 되니까.

앤디의 애인은 앤디처럼 가슴께가 얇았다. 마른 체형인 그는 그녀와 같은 업소에서 일했다. 그는 앤디를 몹시 탐냈다. 앤디는 남자와 여자가 모두 좋아할 몸을 가졌다. 그런데도 앤디는 배달 일을 했다. 몸을 쓰는 일이 좋다며 술상자를 날랐다. 트럭의 조수석에 타고는 유곽의 주방과 창고를 떠돌았다. 요령이 있어서인지 마른 몸에 비해 술상자를 나르는 일을 노련하게 했다. 그는 앤디가 가게에 올 시간에 맞춰 일찍 나왔다가 앤디에게 말을 걸었다. 집요한 그는 이 년 동안 앤디에게 구애를 했다. 앤디가 쉽게 그의 연인이 된 것은 그녀를 미끼로 썼을 때였다. 그녀의 집에 남는 방 하나를 앤디에게 빌려주겠다고 제안하자 앤디는 그가 하자는 대로 따랐다. 그녀의 셋방은 그가 구해준 것이었다. 가게의 다른 직원들도 그가 구해준 집에 살았다. 앤디는 드디어 그녀와 살 수 있게 되자 행복한 남자가 되었다.

앤디는 그녀가 가게에 나가면 집안일을 했다. 밥을 하고, 그녀의 옷을 세탁소에 맡기고는 시를 썼다. 술상자를 나르는 알바를 하지만 그녀와 살게 되자 파트타임으로 바꿨다. 몇 시간만 일을 하고는 남는 시간을 집에서 혼자 지냈다. 컴퓨터로 게임을 하는 것 말고는 딱히 취미를 갖거나 친구를 만들지도 않았다. 가슴이 얇아 물가슴증을 앓고 있던 앤디는 부모의 과

잉보호 덕분에 무사히 고등학교를 졸업했다. 군대에 가서야 물가슴증을 앓고 있는 남자가 어떤 처지에 놓이는지를 알게 되었다. 그의 기형적인 삶이 시작된 것은 군대였으나 사회에 나와서도 케이블 같은 손아귀를 벗어날 수 없었다. 앤디가 복학할 무렵 교수인 아버지는 어머니와 합의 이혼을 했고, 제자와 재혼을 했다. 아버지가 데려온 어머니의 딸은 앤디보다 두 살이 많았다. 앤디와 누나는 성인이 되었으므로 잠시 인사를 나누고는 아버지의 집에서 출가했다. 부모의 집은 부모의 권리이자 부모의 성이었으니 앤디와 그녀에겐 권한이 없었다. 앤디의 생모는 다른 남자와 재혼을 하면서 앤디에게 결별을 원했다. 아이들이 섞이는 걸 원치 않는 새아버지의 요구가 결혼 사유에 들어 있었다. 앤디도 다른 피끼리 섞일 마음이 없었다. 다만, 새어머니가 데려온 누나만은 놓치고 싶지 않았다. 줄 인형들의 영혼처럼 둘은 첫눈에 광신도마냥 서로에게 서서히 간절하게도 미쳐갔다. 부모의 눈을 먼저 피해서 출가한 건 앤디와 그녀였다.

앤디의 이야기 계속

　금기 속에서 그녀와 나는 근친이고, 이불 속에서 맡는 살 냄새는 핏줄의 근친이다. 그녀는 혼돈과 질서를 섞은 애정의 몸살이다. 구름과 바람이 낳은 비여, 바람난 자식들을 위해 구애의 춤을 추어라. 한데 섞여 부는 불순한 인종들의 풍화 속에서 우리는 낯선 동거인. 거리는 추억의 근친이고, 눈물은 그리움의 근친이라면 그녀는 매일 보고 싶어 나의 언어가 되어버린 모국.

　앤디의 시는 늘 모호했지만 등불을 들고 확신에 찬 어둠을 뚫고 가는 듯했다. 이앓이를 하듯 지루하게 흥얼거리는 리듬을 갖고 있는 시를 즐겨 쓰곤 했다. 달고양이처럼 가늘게 눈을 뜨고는 이가 빠진 꿈이라도 꾼 듯 창밖의 한곳을 바라보았다. 가까이 다가가 보면 한곳을 응시하는 것이 아니라 보이지 않는 무언가를 바라보는 것 같다. 앤디의 영혼은 두 세계를 모두 소유한 사람처럼 양쪽 발을 담그고 있었다. 셈을 하지 못하는 앤디는 그녀와 집밖에 몰라서 외로웠다. 거리는 그녀의 유사품들과 복제품으로 넘쳐 흘렀다. 그런데도 앤디는 그녀의 이름밖에 몰랐다.

앤디는 마치 일곱 살에서 기억이 멈춰버린 소년처럼 굴 때가 많았다. 해맑다기보단 잡초와 장미도 구별 못 하는 어리버리이자, 냉정과 열정의 애정이 없는 미온의 상태를 유지했다. 매일 속이 타는 건 문자를 보낸 사람들이었다. 무의미를 의미라고 생각하는지 앤디는 문자를 확인하는 것을 항상 미뤘다. 그녀가 장난을 치다가 가슴팍에 얼굴을 묻기라도 하면 불규칙하게 심장이 뛰었다. 곧이어 더듬거리는 말과 헛기침으로 겨우 감정을 드러내는 정도였다. 앤디에게 고백을 받는 일이란 참으로 경솔한 예의였다. 앤디는 허튼 고백도 하지 않았다. 온갖 아양을 떨다 지쳐 떨어져나간 여자들은 앤디를 보고 속을 알 수 없는, 재수 없는 놈이라고 했다. 그런데도 능청스럽게 에로틱한 판타지를 잘도 나불댔다. 그녀 앞에서 말이다. 고급지게.

그녀는 앤디의 냄새를 킁킁거리며 맡는 걸 좋아했다. 좋아했다기보단 앤디에겐 알 수 없는 냄새가 났다. 그녀는 다른 남자들에겐 나지 않는 그 냄새를 남자의 냄새라고 하기도 하고, 진화가 덜 된 짐승의 냄새라며 놀렸다. 앤디는 그녀가 자신의 곁에 와서 코를 킁킁거리는 게 좋았다. 살과 살을 부비는 건 정말 좋은 느낌인데 어른이 되어가면 점점 살을 부빌 수가 없다. 함부로 비볐다간 성추행범으로 잡혀갈 수 있다.

앤디는 말없이 한 공간에 있는 걸 좋아했다. 까불대는 그
녀에게 조용하라고 말하기도 했다.

"그렇게 쉼 없이 말하고, 돌아다니면 지치지 않아? 졸리지
않아도 반듯하게 누워 봐. 그럼 피로가 풀릴 거야."

그녀는 앤디가 시키는 대로 천장을 보고 반듯하게 누웠다.
그녀는 생각하는 게 두려운 듯 잠들지 않는 긴 시간이 불안했
다. 뒤척이며 자꾸 가는 한숨을 쉬었다. 앤디는 그럴 때마다
그녀를 가슴에 넣어 팔에 힘을 주었다. 그러면 그녀는 앤디의
냄새를 맡다가 스르르 잠이 들었다.

"나에 대해서 아무것도 묻지 말아줘."

'이 생에서 최소한 지금 이대로라도 사랑하고 싶다면 말이야.'

앤디의 이야기 계속

아이를 지우고 온 날 엄마를 바라보았다. 그녀는 폐경을
맞아 배가 홀쭉하지만 한때 나와 두 개의 심장을 지녔던 한
몸. 아버지를 공유하는 우리는 퍼스트와 세컨드. 그녀의 멍
든 눈과 교복을 벗지 못한 나는 악착같이 살아남았다. 사라
진 아이를 붙들고 그녀와 싸우는 밤. 아버지는 어디 계신가

요. 눈 위에 발자국을 남기듯 써내려간 글자들아, 이제는 안녕. 나를 안고 추위를 피하려 등을 동그랗게 말던 엄마. 이제 우리는 서로를 어떻게 불러야 할까요. 엄마보다 필요 이상으로 젊은 나는 숨고 싶은 모래산 혹은 빙하기의 아이어른.

평론가의 정원에 모인 소설가들이 행동대장을 중심으로 일을 하고 있다. 이름난 문학상을 세 개나 받은 여자선배가 지휘를 하며 수박을 썰고 있다. 수박을 써는 거실의 통유리가 정원을 감시하기 좋게 큼지막하다. 상을 하나 받은 선배는 무거운 돌을 이리저리 쌓고 있다. 펜을 잡는 것보다 차라리 돌을 나르는 것이 쉽다면서 후배들에게 주억거렸다. 꽃을 심는 후배들과 인공연못을 손질하는 동료들이 일사분란하게 움직인다. 평론가는 문학판의 절대자처럼 작가들이 숭배하는 최고의 거물이었다. 그의 아내는 우리나라에서 문학작품을 모르는 사람도 다 아는 한글학자인 아버지를 두었다. 그들 부부는 정원을 가꾸는 데 소설가들을 불렀다. 조경 회사의 잡부를 부르지 않고, 펜대를 굴리는 소설가들을 부리며 점수를 매기고 있다. 작품이란 생활에서 나오는 힘이란 걸 증명해 보이라고 말이다. 문학상은 그렇게 받는 것이라고 평론가가 체험으로 일깨워주고 있었다. 이듬해, 정원을 만들었던 그들은 문학상 하나씩을 일당으로 받았다. 일당이 참으로 세다면서 서로 웃어 젖혔지만, 서로 자랑도 칭찬도 하지 않았다. 평론가는 그렇게 서서히 몰락하고 있었다.

소설을 쓰는 선배는 비싼 동네에 집을 샀다. 우리나라에서 문학을 모르는 사람도 선배의 작품은 사서 책꽂이에 꽂아 놓을 정도로 유명해졌으니 그럴 만도 했다. 선배의 집을 찾아간 무명 소설가가 인터폰을 눌렀다. 그러나 문을 열어주지 않았다. 인터폰에 대고 악을 썼다.

"왜 내 이야기를 니가 소설로 쓰냔 말이야. 최소한 내게 물어봤어야지. 그러고도 유명 작가냐. 니가 그러고도 한국 문학을 대표하는 소설가냔 말이다."

문은 끝내 열리지 않았다. 무명 소설가는 자신이 겪은 일을 술자리마다 가서 하소연했다. 그러다가 유명한 여자 선배가 성추행 시비로 추락했다. 문단에서는 아무도 그녀를 구제하려 들지 않았다. 오히려 소금을 뿌리며 복귀하지 못하도록 액막이를 했다. 앤디는 이런 문단의 이야기를 듣는 말단 자리가 불편했다. 사람이 셋 이상 모이면 정치를 논하게 되고, 하나를 죽이는 모의가 가능하다더니 문단마저 어쩔 수 없었다. 앤디는 시를 쓰는 시인이 되고 싶었다. 등단을 하고 시집을 내면 약간은 자유로워지는 상상을 해봤다. 하지만 손그림자를 만들거나 줄을 잇는 인형을 가진 평론가나 대가와 인연이 없었다. 기껏해야 집에서 혼자 끄적이는 모호한 시가 전부였다. 사는 것도 모호하고 불안정한데, 시라고 확실하고 쓸모가 있을까. 앤디는 문단을 기웃거리다가 쓸쓸히 돌아온 집에서 혼자 국수를 삶았다. 그녀가 좋아하는 멸치 우린 국물에 애호박을 썰어서 볶은 다음, 새우젓갈을 넣고 계란 지단을 얹었다. 그리고 밤새 아무도 초인종을 누르지 않는 집 안의 식탁에 앉았다.

혼자 국수를 먹다가 시를 써보았다. 아버지는 엄마와 여동생에게 그런 짓을 하고도 대학교수 자리를 꿰차고 살았다. 여동생이 교복을 입은 채로 자살을 했다. 그리고 앤디와 친모는 버려졌다. 앤디의 이야기는 아버지에게도 비극이 되어야 하는데 그러질 못했다. 여전히 대학교수이자 잘나가는 평론가인 아버지에겐 소설 같은 신화를 만들어줬을 뿐이다.

어반스의 이야기

삼촌들이 사는 섬으로 열여덟에 흘러 왔어요. cctv를 피해 달아나는 이모는 몇 살?

삼촌과 이모라고 부르면 금방 친해지는 섬으로 왔어요. 제 고향에서 빈 젖을 빨고 있을 동생들이 아침마다 해변으로 나가지요. 바다에 떠밀려오는 동전을 주우려고요. 아버지가 되지 못하는 타향에서 나는 삼촌들과 이모들의 젖을 빨아요. 매의 눈을 피해 해변으로 가서 한 줌의 동전을 던지고 와요. 타지키스탄 메마른 북서방향에서 증발된 물로 흘러와 빼앗긴 사랑. 영업테이블에서 술을 따르고 춤을 추지요. 사랑 없이 떠도는 삼촌들과 이모들이 사는 나라.

나는 너무 멀리 와버렸을까요.

어반스는 우즈베키스탄에서 온 소년이었다. 누나의 가게엔 다른 나라에서 온 소년과 소녀들이 어른 행세를 했다. 돈이 있는 섬사람들은 어린 소년과 소녀와의 사랑을 꿈꿨기에 호황을 누렸다. 그들이 외국인에 대해 환상을 갖는 것까지 간파한 사장의 사업수완은 탁월했다. 누나는 점점 몸값이 내려가는 듯했다. 스물셋이면 이 바닥에선 퇴출이었다. 어반스는 누나에게 이모라고 불렀지만, 누나는 혼냈다.

"내가 왜 네 이모니? 누나라고 불러."

어반스는 누나가 쌀쌀맞게 대하는데도 따라다녔다. 고향에 있는 친척을 닮았다고 했다. 어반스는 넉넉한 집에서 태어나 학교를 다니고 있었다고 했다. 하지만 아버지가 바다에 둥 실둥실 떠다니는 컨테이너를 잡으려다가 죽었다고 했다. 과 일을 실은 배가 침몰하면서 배에 있던 컨테이너들이 바다 위를 떠다녔다. 마을의 남자들은 바다로 뛰어들어 컨테이너를 건졌다. 하지만 어반스의 아버지는 그대로 바닷속으로 가라 앉아버렸다. 어반스는 동생들과 엄마를 위해서 학교를 그만 두었다. 그리고 한국으로 와서 건설현장에서 일을 했다고 했다. 계속 그렇게 일을 하면 좋았겠지만, 돈을 떼이고 다리를 절게 되었다. 잘생기고 몸매가 좋은 어반스는 책임감이 있었다. 고향에 돈을 부치려는 의지가 강했다. 걷는 연습을 하면서 재활치료를 독학했다. 약간 절었지만 무심히 보면 정상인처럼 보였다. 어반스는 돈을 허튼 곳에 쓰지 않았다. 다른 소년과 소녀들은 쉽게 번 돈으로 다른 유흥업소에 가서 술을 마시고 몸을 샀다. 그들에게 돈을 주고 사랑을 샀던 사람들처럼 행동했다. 누나는 그런 어반스가 눈에 걸렸다. 그래서 사장에게 어반스의 돈에 장난을 치지 말라고 경고했다고 했다. 앤디는 누나의 오지랖에 슬몃 웃었다. 어반스는 앤디에게 삼촌이라 부르지 않았다.

"칭구야, 너는 나의 칭구야~"

대단하게 뿌리내린 우주의 씨앗

사람들은 그럭저럭 잘들 사는 것 같다. 울퉁불퉁하고, 미숙한데도 어울려 살고 있다. 혼자 개그프로를 보며 웃고, 욕이 나오는 동영상을 보며 따라하면서 일요일을 지낸다. 이후 월요일부터 금요일까지 그럭저럭 버티고 있다. 서사적인 로맨스도 없고, 편견 없는 소화제도 없이 뒤통수를 때리는 열등한 저들과 맞닿아 있다. 요절할 배짱이 없는 청춘은 자격증과 출신학교를 요구하는 사회에서 인정받기 위해 애를 쓴다. NG가 없는 사람들은 실패하면 짐을 싸야만 한다. 변덕과 질투는 비빌 언덕이 있는 사람이나 하는 것임을 깨달으면 조용히 입을 다물고 버텨야 한다.

"니가 재벌 자식이니?"

가난한 처지를 비관하면서도 충동적으로 값비싼 물건에 지르는 걸로 화풀이하는 당신에게 주변인들은 그렇게 물을 것이다. 당신의 몽타주를 가지고 있는 주변인들을 보세요. 당신을 숏들의 조립들로 구성하여 입력하고 있을 것이다. 그러니 승부사의 반전을 기대하며 자신을 연마하는 수밖에 없다.

"커서 뭐가 될래?"

라고 주변인들보다 더 가혹한 근친들은 물어왔다. 꿈의 진

화를 살펴보자면, 문구사 주인과 마트의 주인과 택배 기사에서 정치인과 연예인까지는 좋았는데. 그다음부터는 될 수 있는 게 묘연해졌다.

"대충 그냥 살면 안 될까요?"

라고 대답을 하면 사춘기가 아직도 진행 중이냐고 반문한다.

"꼭 훌륭한 사람이 되어야 하나요? 좋은 대학과 안정된 직장, 그리고 적령기에 결혼하고, 집을 사고, 차도 사고, 아이 낳는 순서를 꼭 지켜야만 하나요?

S대학을 나와도 팔푼이처럼 구는 애들도 많고, 범죄자도 많은데 꼭 그들만 최고라고 말하는 사회에서 어떻게 뿌리를 내릴 수 있나요? 나 같은 씨앗을 애초에 심지 말던가요."

꼭 공부에 자신 없고, 불성실한 애들이 불만이 많다며 근친들이 혀를 내두른다. 나이를 먹을수록 점점 잘 할 수 있는 게 왜 없을까? 왜 사회는 평균 이하의 사람들을 무시하고 방관하는 것일까? 스무 살이 지나면 그냥 어른이 되는 거라고 손을 놓아버리는 세계라니. 대충 어른들은 고등학교까지는 아이들의 응석을 받아주다가 임계점이 오면 한마디로 거절해버린다.

"너 이제 성인이잖아. 스스로 너 자신을 책임져야지. 너 자유롭고 싶다고 노래를 했잖아. 자유엔 책임이 따르잖아. 그러니 너의 모든 걸 책임지렴."

성실하게 한 우물을 파지 않으면 물 한 모금도 마실 수 없는 사막이 사회라는 걸 몰랐던 청춘은 요절도 못 하고, 삶 속을 부유하게 한다.

"너도 나처럼 살인 빼고 다 해봤어? 사는 게 얼마나 힘든데 어디서 놀고먹으려고 수작이야!"

젬마는 이제 퇴물이라 놀고먹는 것도 요령이 생겼다지만, 어린 애들은 그러지 못했다. 매일 모욕과 할당량을 주는 사장이 시키는 대로 손님을 유혹하고 등쳐먹어야만 했다. 어반스와 같은 외국인들은 돈을 벌어야만 하는 절대적인 목표가 있지 않다면 쉬운 일이 아니었다. 신상이 공개되는 사회에서 털끝만 한 먼지도 조심해야 한다. 업소에서도 몰래 촬영하는 자들이 늘었다. 그러니 누군가가 현미경으로 들여다보고 있을지도 모른다. 앤디는 젬마에게 일을 그만두면 안 되냐고 물었다.

"배운 게 이것밖에 없어. 이럴 줄 알았으면 학교 다닐 때 공부를 더 할걸. 세상에 공부가 가장 쉽다는 말을 공감한다. 내 나이에 벌써 퇴직이라니. 서른도 안 되었는데 말이야."

"누나, 우리 섬에 가서 조그만 식당 하나 차려서 살자. 몇 시간만 일하고 문 닫는 식당. 내가 국수를 말면 되잖아. 누나가 좋아하는 멸치국수를 내가 만들어서 팔게. 욕심 부리지 말고 바다만 바라보며 사는 건 어때? 더 망가져서 갈 곳이 없으면 안 되잖아."

"바다가 마당인 국숫집이라⋯⋯."

"우리도 귀한 씨앗이 될 수 있어. 푸른 돛배를 타고 가서 어딘가에 정착하면 말이야. 꽃의 비밀이 열매가 될 테지. 빛으로 여문 열매에서 다시 꿈이 생길 거야. 우리 같은 사람도 평범하다고 말해주는 곳으로 가자."

구름이 변하여 뿌리내린 돌담 위로 앉은 바닷가 마을의 저물녘이 아름답던 추억을 젬마는 생각해내려 애썼다.

당신은 악마와 커피를 마셔본 적이 있나요

젬마와 앤디는 악기의 집 근처에서 국숫집을 열었다. 섬사람들에게 남매라고 하지는 않았다. 그래서 다들 젊은 부부인 줄로 알고 있다. 코딱지만 한 4평짜리 집이지만 바다가 보이는 언덕이 마음에 들었다. 바람이 지나가는 바다 위와 하늘을 보며 둘은 평상에 앉았다. 평상이 놓인 국숫집이지만 그들이 앉아있는 시간이 더 많았다. 하루에 국수를 서너 그릇만 말 때도 있고, 종일 커피를 마시며 책을 읽고 게임을 할 때도 있다.

"누나는 악마와 커피를 마셔본 적이 있어?"

"응."

"누구?"

"너."

세상의 수채화가 밤새도록 뒤척인 풀벌레를 달래주듯 산들바람에 벌레 소리가 묻어왔다.

"나는 천사야, 누굴 보고 악마래. 누나가 악마라면 모를까. 악귀 아줌마에게 물어볼까?"

둘은 까르르 웃으며 사방을 살폈다. 악기 아줌마는 눈코 뜰 새 없이 바빴다. 한심하게 한가한 둘을 보며 혀를 내두르다 지나가곤 했지만, 너무 바빠서 그들을 금세 잊어주었다. 세상 사람들도 그들을 금세 잊어버린 듯한 날이다.

"살인만 저지르지 않으면 세상이 우리를 잊어줄 테니까. 훌륭한 인물이 꼭 되지 않아도 되는 거였어. 괜히 힘들게 살았잖아. 헤헤."

"그래, 우리 아무것도 되지 말자. 그냥 이렇게 흘러가는 구름처럼 살다가 뿌리내린 돌담처럼 살자. 바람이 지나가면 가슴 숭숭 터진 곳으로 보내버리자. 앤디야, 너는 아직 과거에 미련이 남았으면 돌아가. 그래도 괜찮아. 누난 이제 괜찮아. 혼자여도 괜찮아."

"외로움과 고독의 균형을 맞추려면 누난 아직도 멀었어. 조련사가 필요해. 내가 종신보험처럼 붙어 있어야겠어."

지긋지긋한 종신보험은 죽은 다음에 타 먹을 수 있는 보상금이라는 걸 앤디는 알고 있을까. 본인은 쓸 수 없는 돈이 종신보험금이라는 것도 알고 있을까.

김병심

제주 출생.

제7회 4·3평화문학상 수상.

시집 《더이상 처녀는 없다》, 《울내에게》, 《바람곶, 고향》, 《신, 탐라순력도》, 《근친주의, 나비학파》, 《울기 좋은 방》, 《몬스터 싸롱》, 《사랑은 피고 지는 일이라 생각했다》.

산문집 《돌아와요, 당신이니까》, 《비바람이 치던 바다 잔잔해져 오면》.

동화집 《바다별, 이어도》, 《배또롱 공주》, 《돌하르방》.

제주 비바리

ⓒ 김병심, 2022

2022년 12월 25일 초판 1쇄 발행

지은이 김병심 **펴낸이** 김영훈 **편집장** 김지희 **디자인** 나무늘보, 이은아, 최효정, 강은미, 김지영
펴낸곳 한그루 **출판등록** 제6510000251002008000003호
주소 제주특별자치도 제주시 복지로1길 21 **전화** 064 723 7580 **전송** 064 753 7580
전자우편 onetreebook@daum.net **누리방** onetreebook.com

ISBN 979-11-6867-078-5 (03810)

이 책은 제주특별자치도와 제주문화예술재단의
2022년도 제주문화예술지원사업 후원을 받아 발간되었습니다.

값 12,000원